KB078450

ㄱ번째 환생 2

묘재 장편소설

초판 1쇄 찍은 날 § 2018년 7월 23일
초판 1쇄 펴낸 날 § 2018년 7월 30일

지은이 § 묘재
펴낸이 § 서경석

총괄팀장 § 최하나
편집책임 § 김슬기
디자인 § 고성희

펴낸곳 § 도서출판 청어람
등록번호 § 제387-1999-000006호
등록일자 § 1999. 5. 31
어람번호 § 제1-2930호

주소 § 경기도 부천시 원미구 부일로 483번길 40 서경B/D 3F (우) 14640
전화 § 032-656-4452 팩스 § 032-656-4453
http://www.chungeoram.com
E-mail § chungeorambook@daum.net

ⓒ 묘재, 2018

ISBN 979-11-04-91779-0 04810
ISBN 979-11-04-91777-6 (세트)

도서출판 청람

7번째 환생

FUSION FANTASTIC STORY

묘재 장편소설

2

Contents

1장. 동해의 선물   7

2장. 미친놈이 미친놈에게   33

3장. 찬스 메이커   73

4장. 도쿄대의 심장을 노려라   99

5장. 로또   135

6장. 숨은 실세   163

7장. 일본과의 악연   191

8장. 포세이돈   217

9장. 올림푸스   245

10장. 선택의 기로   271

1장

동해의 선물

　고오오오오오—!

　심연에서 끓어오르는 소리가 전신을 에워쌌다.

　푸르고 거친 동해의 파도에 휩쓸린 최치우는 눈을 감았는지 떴는지도 몰랐다.

　그저 끝을 모르는 바다에 잡아먹혔다는 사실만 알 수 있었다.

　보통 바다에 빠지면 익사하기 이전에 저체온증으로 사망한다.

　하지만 그럴 염려는 없었다.

　단전에 쌓인 일 갑자의 내공이 차가운 바다에서도 체온을 유지시켜 주었다.

문제는 따로 있었다.

무공과 마법이 뛰어나도 마냥 숨을 참을 수는 없었다.

평범한 사람은 숨을 참고 최대 2분에서 3분 정도를 버틸 수 있다.

훈련을 받았다면 5분까지도 가능하다.

무공과 마법을 익힌 최치우의 한계 시간은 10분 너머일 것이다.

그러나 무척 짧은 시간이라는 것은 변함이 없었다.

바다 깊이 집어삼켜진 그의 몸은 끝없이 아래로 아래로 내려가고 있었다.

심해(深海)의 손길이 최치우를 끌어당기는 것 같았다.

'정신을… 차려야 해!'

의식이 깨어나고 있었다.

그는 절대자의 선택을 받을 정도로 의지가 강한 인간이다.

죽을 때 죽더라도 이렇게는 아니었다.

번쩍!

감겨 있던 두 눈을 떴다.

차가운 바닷물이 눈동자를 찔렀지만 개의치 않았다.

눈을 감고 어둠에 몸을 맡기는 순간 영혼까지 바다에 잡아먹힐 것이다.

최치우는 고개를 위아래로 움직였다.

위로는 빛이 보이지 않았다.

그만큼 순식간에 깊은 바다로 빨려들었다는 뜻이다.

확실히 오늘 독도 인근의 동해 바다는 이상했다.

파도가 거세게 치는 수면보다 수중의 상황이 훨씬 더 안 좋았다.

원래 서도 옆으로는 수심이 2,000미터에 달하고 기후도 변화무쌍했다.

반면 초음파 탐사선의 항로인 동도 옆은 수심 300미터 지대이기에 잠잠한 날이 더 많은 편이다.

그러나 사람이 어떻게 대자연의 변화를 모두 헤아릴 수 있겠는가.

이시환이 갑판에서 위기에 처하고 그를 구한 최치우가 바다에 빠진 것 또한 운명이라면 운명이었다.

우연이 하나둘 모이면 섭리가 되는 것이다.

'이대로는 위험하다.'

최치우는 현실을 냉정하게 자각했다.

점점 숨이 막혀오고 있었다.

마치 몸에 쇳덩이라도 달린 것 같았다.

어두컴컴한 바다 깊은 곳에서 미증유의 중력이 작용하는 것일까.

'몸이 식으면 끝난다.'

아직까지는 단전의 내공으로 체온을 유지할 수 있었다.

그러나 호흡을 할 수 없는 상황에서 언제까지 버틸지는 장담하기 힘들었다.

최치우는 더 늦기 전에 내공을 격발시키며 두 팔을 저었다.

후우욱―!

원래라면 몸이 위로 올라가야 한다.

그런데 한 치 앞도 분간하기 힘든 심해에서 혼자 헛손질을 하는 기분이다.

일 갑자의 내공, 4서클의 마법.

비현실적인 힘을 가졌지만 대자연과 맞서기엔 역부족이었다.

위기의식을 느낀 최치우는 가능한 모든 수단을 동원했다.

'라이팅(Lighting)―!'

먼저 그는 밝은 빛을 소환하는 2서클 마법을 펼쳤다.

칠흑을 걷어내는 게 급선무였다.

번쩍!

심해 중심에 하얀 섬광이 나타났다.

평소 같았으면 섬광은 최치우가 원하는 만큼 오랫동안 주위를 밝혔을 것이다.

그러나 여기선 아니었다.

아주 잠깐 사방을 밝힌 흰색 섬광은 금방 사라지고 말았다.

심해의 어둠은 2서클의 마법도 단숨에 무위로 돌리는 힘을 지녔다.

그렇다고 포기할 순 없었다.

벌써 바다에 빠진 지 3분은 지났을 것이다.

'스퀼(Squall)!'

이번에는 돌풍을 일으키는 4서클 마법을 캐스팅했다.

현재 최치우가 펼칠 수 있는 가장 강력한 마법이기도 하다.

캐스팅이 끝나면 돌풍이 치솟아 몸을 수면까지 밀어 올려주길 바랐다.

후르르륵!

살짝 일어나는 듯하던 바람은 미풍에 불과했다.

수중에서는 어떤 마법도 제 힘을 발휘하기 어려웠다.

마법은 무턱대고 기적을 만드는 게 아니었다.

자연의 힘을 잠시 빌려 쓰는 것이다.

그렇기에 자연의 법칙으로부터 무한정 자유로울 수 없었다.

'다시 한번… 라이팅!'

그는 입안에서 혀를 세게 깨물었다.

정신을 차리고 의지를 불태우기 위해서이다.

2서클의 라이팅은 이번에도 찰나의 섬광만 남기고 사라졌다.

하지만 어렴풋이나마 시야를 확인했다.

꽤 깊이 빠진 것 같지만, 위쪽으로 초음파 탐사선이 떠 있는 게 보였다.

거리를 정확히 가늠하긴 힘들어도 수면이 아예 안 보이는 것은 아니었다.

최치우는 희망을 품고 두 팔을 움직였다.

얼음장보다 더 차가운 바닷속에서 체온을 유지하느라 내공이 급격히 소모되고 있었다.

더 늦기 전에, 호흡의 한계가 오기 전에 수면 위로 올라가야 했다.

쿠구구구구구궁—!

그 순간, 불길한 소리가 최치우의 귓가를 때렸다.

발아래쪽에서 지축이 흔들리는 굉음이 수중으로 전파되고 있었다.

최치우는 본능적으로 고개를 내렸다.

라이팅을 펼치지 않는 한 아무것도 보이지 않는다.

그러나 어마어마한 기파(氣波)는 눈이 아닌 몸으로 느낄 수 있었다.

'해저 지진!'

해저 심층부에서 균열이 일어났다.

강도가 높으면 육지에도 영향을 미치지만, 약한 강도의 해저 지진은 빈번하게 일어난다.

약한 해저 지진의 영향으로 파도가 거세지기도 한다.

하지만 바다 안에서는 아무리 약한 해저 지진이라 해도 엄청난 작용을 일으킨다.

물살이 요동치며 수중에서 급류가 형성된다.

평생을 바다에서 살아가는 물고기도 길을 잃고 우왕좌왕 휩쓸릴 정도이다.

쏴아아아아아아아—!

거센 급류가 최치우의 몸을 때리고 지나갔다.

해저 지진이 발생한 직후 바닷속은 그야말로 전쟁터가 된다.

물살에 맞서 중심을 잡는 것은 불가능했다.

'이대로… 끝인가?'

최치우는 지진의 여파를 정통으로 맞았다.

제대로 꽃을 피워보지도 못하고 일곱 번째 인생을 접고 싶지 않았다.

지난 인생들과 다른 점이 많았기에 더더욱 애착이 가는 삶이었다.

환생이라는 운명을 받아들인 후 그는 죽음을 두려워하지 않았다.

죽어도 어차피 다른 차원에서 살아날 것을 알기 때문이다.

그런데 지금은 달랐다.

최치우라는 이름으로 1년 넘게 살아온 시간이 소중하게 느껴졌다.

잃고 싶지 않았고, 죽고 싶지 않았다.

낯설지만 순수한 생(生)의 의지가 그의 영혼에 깃들었다.

'흐르는 물처럼… 마나는 순리에 머물고 있다.'

이상한 일이었다.

아슬란 대륙에서 9서클 현자 클래스를 넘었을 때도 느끼지 못한 깨달음이 불현듯 찾아왔다.

바닷속 물살에 떠밀리던 최치우는 두 팔을 좌우로 넓게 뻗었다.

생사의 고비에서 최치우는 영혼으로 바다를 받아들이고 있었다.

대오각성의 순간이 그에게 찾아온 것 같았다.

*　　　　*　　　　*

육신은 썩어 흙으로 돌아간다.

흙으로 빚어진 몸에 영혼이 깃든 것뿐이다.

인간의 몸은 시작도 대자연이고 끝도 대자연이다.

경계를 두어 억지로 구분하려는 모든 시도가 무의미하다.

그저 편안하고 자연스럽게 자연과 동화될 따름이다.

마법의 최고 경지는 9서클 현자 클래스도, 미지의 10서클도 아니었다.

마법은 인간이 대자연의 품으로 돌아가 이적을 행하는 행위이다.

1서클이든 9서클이든 온전히 자연과 동화될 수 있다면 그것이야말로 진정한 의미의 마법(魔法)이다.

이것은 무공의 깨달음과도 일맥상통하는 부분이 적지 않았다.

상승무공의 최고 경지는 심검(心劍)이다.

하지만 심검 너머에 물아일체(物我一體), 나아가 무위자연(無爲自然)의 경지가 있다고 전설로 전해진다.

동해 바다에 빠진 최치우는 잠깐이나마 무위자연을 체험하고 있었다.

심해의 정기가 그의 몸을 오롯이 관통했다.

호흡을 참을 필요도 없었고 허우적거릴 이유도 없었다.

이 순간 그는 바다와 한 몸이 되어 있었다.

'마음을 비우고 몸을 대자연에 맡기면… 육신의 경계가 허물어지면서 마나 그 자체가 된다.'

최치우는 죽음의 고비에서 얻은 소중한 깨달음 한 자락을 뇌리에 새겼다.

그는 거대한 에너지가 어디에 잠들어 있는지 저절로 알게 됐다.

어둡고 아득해 절대 보이지 않는 해저 300미터의 사정이 느껴졌다.

보이거나 이해되는 게 아니었다.

그냥 말 그대로 느껴지는 것이다.

또한 자신의 육체가 어디쯤 떠 있는지도 알 수 있었다.

마음만 먹으면 당장 수면 위로 올라가는 것도 가능했다.

뿐만 아니라 재난 영화에 나올 법한 해일을 일으킬 수도 있을 것 같았다.

시간과 공간, 물질 법칙 모두 초월하여 최치우의 의지가 바다를 움직이게 되는 것이다.

'돌아가자. 나를 걱정하는 사람들에게로.'

깨달음은 달콤했지만 마냥 현실을 도외시할 수는 없었다.

최치우는 초음파 탐사선에 혼비백산해 있을 F.E 멤버들을 떠올렸다.

이러한 깨달음의 순간은 언제 다시 찾아올지 기약이 없다.

바로 직전의 전생까지 그는 무조건 경지를 높이는 데 급급했다.

더 강한, 더 뛰어난 사람이 되기 위해 물불을 가리지 않았다.

당연히 주위를 돌아볼 여유도 없었다.

하지만 이제는 달랐다.

최치우는 마음을 주고받는 인연을 소중하게 여기는 법을 배워가고 있었다.

'아쉽지만… 오늘은 여기까지다.'

마음을 정리했다.

최치우의 의지가 성립되자 바다가 움직였다.

슈우우우─

수중에서 물살이 요동치고 있었다.

다시금 최치우의 육신이 뚜렷한 경계를 띠기 시작하며 물살에 밀렸다.

급류가 수중에서 수면 위로 용솟음쳤다.

최치우는 여전히 힘을 전부 뺀 상태였다.

깊고 캄캄한 심해에서 태양이 비치는 수면 위까지 거짓말처럼 순식간에 공간을 도약했다.

마법으로도, 내공을 가득 채워 팔을 저어도 안 되던 일이다.

푸확─!

물방울이 사방으로 튀며 최치우의 얼굴이 수면 위로 떠올랐다.

초음파 탐사선의 후미가 저만치 보였다.

최치우는 심해의 손길에 붙잡혀 죽다 살아난 사람 같지 않왔다.

너무 침착하고 편안하게 수영을 하며 탐사선으로 다가갔다.

오늘따라 난폭한 동해의 파도도 더 이상 그를 방해할 수 없었다.

마나의 흐름을 받아들이며 바다 그 자체가 되던 무위자연의 깨달음은 사라졌다.

신기루처럼 흩어진 순간은 어쩌면 영영 느끼지 못할지도 모른다.

그럼에도 불구하고 찬란한 각성의 흔적은 최치우의 영혼에 남아 있었다.

그는 내공이나 마법으로 파도를 거스르려 들지 않았다.

부드럽게 몸을 맡기고 거친 풍랑의 흐름을 타면서 탐사선으로 나아갔다.

바다라는 대자연에 담긴 마나가 이전보다 훨씬 명확하게 감지됐다.

'이런 느낌이라면 6서클 마법도 캐스팅할 수 있겠어. 그보다 중요한 건… 서클이 아니라 자연과 하나가 되는 법을 조금이라도 배웠다는 것이지만.'

최치우는 단숨에 4서클에서 6서클의 벽을 넘어서게 된 것 같았다.

6서클부터는 소규모 자연재해 수준의 마법을 펼칠 수 있다.

환생한 지 겨우 1년을 조금 넘겼을 뿐인데 내공은 일 갑자에 마법은 6서클이다.

그러나 경지가 높아졌다고 기쁜 게 아니었다.

자연과 동화되는 게 진정한 의미의 마법이라는 실마리를 얻은 것이 훨씬 소중한 경험이었다.

그리고 또 하나, 바다와 일체화되었을 때 아주 소중한 발견도 할 수 있었다.

'독도가 지키고 있는 보물을 캐낼 수 있다. 머지않아 분명히!'

최치우는 압도적 에너지원인 메탄 하이드레이트를 생생하게 느꼈다.

미래 에너지 개발은 더 이상 막연한 꿈이 아니었다.

파도의 흐름을 타고 탐사선을 향해 가는 그의 얼굴에 미소가 번지고 있었다.

                    *   *   *

최치우는 김도현 교수와 독대하는 시간을 가졌다.

극적으로 구조된 최치우는 우선 자신보다 더 놀란 사람들을 진정시켰다.

사실 따지고 보면 이상한 구석이 한둘이 아니었다.

위기일발의 순간, 이시환을 구해낸 장면도 초현실적이었다.

어디서 그런 스피드와 균형 감각, 괴력이 나왔는지 혀를 내두를 지경이었다.

바다에 빠진 다음은 더했다.

거칠고 차가운 바다에서 무사히 구조됐다는 것 자체가 기적이었다.

그런데 최치우는 저체온증 현상도 보이지 않았다.

유유히 수영을 하면서 나타났다.

5분이나 시야에서 사라졌는데 말이다.

미래 에너지 탐사대 멤버들과 초음파 탐사선 직원들은 최치우의 실종부터 귀환까지 너무 놀라 이것저것 따질 겨를이 없었다.

오직 한 사람, 조용한 방에서 마주 앉은 김도현 교수의 눈빛만 달라졌을 뿐이다.

"치우 군, 내게는 솔직히 말해줬으면 해요."

"무슨 말씀이신지 잘 모르겠습니다, 교수님."

"평범한 사람이… 아니죠?"

간단하게 넘길 질문이 아니었다.

그냥 떠보는 말도 아닌 것 같았다.

최치우는 김도현의 눈동자를 똑바로 쳐다봤다.

뿔테 안경 너머 그윽하게 가라앉은 눈동자에는 흔들림이 없었다.

나름 확신을 가지고 말을 꺼냈다는 뜻이다.

"왜 그렇게 생각하시는지 궁금합니다."

"흔들리는 갑판에서 시환 학생을 구한 것, 그리고 풍랑이 이는 바다에 빠졌다가 돌아온 것…… 운동선수라고 해도 불가능한 일을 두 번이나 연달아 해냈으니까요."

"위기 상황에서 사람의 잠재력이 발휘되는 경우가 종종 있다고 들었습니다. 평범한 주부가 자신의 아이를 구하기 위해 자동차를 번쩍 들기도 하는 것처럼 저 역시 일시적으로 그런 힘을 발휘한 것 같습니다."

흠잡을 구석 없는 대답이다.

이렇게 말하면 누구든 수긍할 수밖에 없다.

하지만 김도현은 달랐다.

"치우 군, 나는 경험이 있어요. 평범하지 않은 사람을 가까이에서 오랫동안 지켜본 경험이."

심상치 않은 말이다.

최치우는 김도현의 생각을 읽기 위해 눈을 크게 떴다.

"혹시 전에 말씀하신……."

"맞아요. 우리 할아버지가 바로 그런 사람이었지요."

최치우는 납득했다는 듯 고개를 끄덕였다.

김도현의 조부는 전설적인 고고학자 김도훈이다.

김도훈은 백제 계백 장군의 칼을 찾아내며 일약 세계적인 스타로 도약했다.

꽤 먼 과거의 인물이지만 김도훈이 활약하던 당시의 유명세는 어마어마했다고 한다.

김도현 교수는 최치우에게서 비슷한 느낌을 받은 모양이다.

"나도 설명은 잘 못 하겠어요. 아무튼 할아버지는 특별한 재능을 갖고 계셨지요. 치우 군도 어쩌면 같은 부류의 사람이 아닐까 하는 생각이 들었어요."

"돌아가신 김도훈 회장님과 비교되기엔 제가 너무 부족합니다."

"분명한 건 평범하지 않다는 게 절대 나쁜 점이 아니라는 거예요."

김도현 교수가 의미심장한 말을 덧붙였다.

그는 고개를 들고 최치우를 마주 보며 이야기를 계속했다.

"사고를 당하고 놀랐을 텐데 내가 괜한 이야기를 꺼낸 건지도 모르겠네요. 그렇지만 이 세상에는… 과학으로 설명할 수 없는 것이 무척 많아요. 할아버지를 따라다니며, 또 미국에 교환교수로 가서도 신기한 현상을 여러 번 목격했지요. 내가 미래 에너지에 집중하게 된 것도 그런 이유 때문이에요. 과학이 증명할 수 없는 미지의 힘이 인류를 구할 거라는 믿음을 갖게 되었거든요. 치우 군이라면 언젠가 내 믿음을 이뤄주는 사람이 될 것 같다는 기대가 드네요."

엄청난 말이다.

김도현은 첨단 과학을 연구하는 공대 교수임에도 초현실적인 현상을 믿고 있었다.

게다가 최치우에게 무궁무진한 기대를 품은 것 같았다.

"감사합니다, 교수님. 오늘 해주신 말씀 기억하면서 더 노력하겠습니다."

"이미 충분히 잘하고 있어요. 불미스러운 사고가 있었지만, 그조차 어려운 탐사 환경에 대한 공부로 남겠지요."

확실히 김도현 교수는 남달랐다.

다른 교수들 같았으면 사고가 터지자마자 전전긍긍 앓아누 웠을 것이다.

학교 측으로부터 불이익을 당하지 않을까, 혹시 이슈가 되지 않을까 등 자기 안위부터 챙기게 마련이다.

하지만 김도현 교수는 훨씬 더 큰 그림을 그리는 사람 같았 다.

이쯤 되니 그가 미래 에너지 탐사대를 만든 진짜 이유가 궁 금해졌다.

과연 대중들의 관심을 고취시키고 공대에서 인재를 키워내 는 것 정도로 만족할 사람일까.

어쩌면 F.E는 김도현 교수의 꿈을 이루기 위한 초석일지도 모른다.

'그러면 더 잘된 일이지.'

최치우는 짧게 목례를 하고 자리에서 일어섰다.

독도와 동해는 그에게 많은 선물을 안겨줬다.

위험한 사고 순간은 아찔했지만, 결과적으로 이시환을 구했 고 자신은 깨달음을 얻었다.

김도현 교수의 진의도 살짝 엿볼 수 있었다.

메탄 하이드레이트에 대한 확신과 단서도 생겼다.

최치우는 비밀스러운 자신만의 목표를 세웠다.

'1년 안에 독도의 메탄 하이드레이트를 채취하도록 만든다. 무조건!'

가스 하이드레이트 개발 사업단이 10년 넘게 매달렸어도 쉽게 풀지 못한 숙제이다.

그렇지만 10년 동안 충분한 준비와 기반은 닦아놓았다.

최치우는 사업단이 만든 토대 위에서 기적을 보여줄 작정이다.

동해 바다와 하나가 되었던 깨달음의 순간, 정확히 어느 지점에 시추 기계를 세워야 할지 감을 잡았다.

무위자연을 체험한 경험 덕분에 앞으로도 대자연에 묻힌 에너지를 감지할 수 있을 것 같았다.

어떤 전생에서도 가져본 적 없는 특별한 능력을 키운 것이다.

'내 손으로 역사를 만들 수 있어.'

최치우는 주먹을 살짝 쥐며 미소를 지었다.

그는 점점 더 무서운 잠재력을 차곡차곡 쌓아가고 있었다.

*   *   *

"치우야, 너……."

김도현 교수와 면담을 마치고 나오니 이시환이 기다리고 있었다.

갑작스런 사고로 죽을 위기에 처한 이시환은 패닉에 빠져 있었다.

최치우가 바다에 빠지자 가장 크게 비명을 지른 사람도 이시환이었다.

그는 지독한 멀미와 통증으로 고통스러워하면서도 최치우가 돌아올 때까지 쓰러지지 않았다.

그러다 최치우가 수영을 하며 나타나서 배에 오르자 참고 있던 긴장을 풀고 기절해 버렸다.

과대이자 많은 학생들의 사랑을 받는 인기인 이시환은 울음을 터뜨리기 직전이었다.

"대체 왜 그랬어, 인마! 나 때문에 네가 얼마나 위험해진 거야!"

"그래도 형을 그냥 두고 볼 순 없잖아요. 결국 둘 다 멀쩡하니 잘된 겁니다."

"너 정말… 정말… 고맙다, 최치우. 평생 잊지 않고 생명의 은인으로 모실게."

이시환은 아무 말이나 내뱉는 성격이 아니었다.

쾌활하고 유쾌하지만 자기가 한 말은 책임지는 사람이었다.

그는 큰 결심을 한 듯 최치우를 쳐다봤다.

"어차피 형이라고 부르는데 말도 편하게 해. 우리 진짜 격식 없이 친형제처럼 지내자. 그래도 괜찮지?"

최치우는 밝게 웃으며 고개를 끄덕였다.

"그래, 시환이 형. 다친 데는 없어?"

"니가 너무 세게 던져서 여기저기 멍이 들었지만 괜찮아."

"설마 지금 생명의 은인을 원망하는 건 아니겠지?"

"그럴 리가… 그럴 리가!"

이시환이 펄쩍 뛰며 손을 내저었다.

최치우는 그 모습을 보고 크게 웃음을 터뜨렸다.

천하를 얻기 위해서는 사람을 얻어야 한다.

다시 말하면 사람을 얻는 게 곧 천하를 얻는 일이라는 뜻이다.

최치우는 독도에서의 사건을 통해 이시환이라는 전도유망한 인재를 완전히 자기 사람으로 만들었다.

함께 걸어갈 미래가 환하게 열리는 것만 같았다.

*　　　*　　　*

여름방학은 아직 끝나지 않았다.

독도를 다녀온 최치우는 제법 많은 일을 하나씩 정리하고 있었다.

우선 웹툰 리얼 헌터의 시즌 1이 막을 내렸다.

리얼 헌터는 네트에서 폭발적인 인기를 얻었다.

얼마나 반응이 좋은지 윤영국 팀장이 제발 휴재만 하지 말라고 사정을 할 정도였다.

그러나 최치우는 그림 작가 문지유를 위해 대승적인 결단을 내렸다.

그녀는 처음 해보는 정기 연재로 자신을 한계까지 몰아붙였다.

충분한 휴식을 취해야 정상적인 창작 활동을 할 수 있을 것이다.

최치우는 문지유라는 소중한 재원을 무작정 밀어붙이고 싶지 않았다.

그것은 황금 알을 낳는 거위의 배를 가르는 멍청한 짓이다.

최치우와 문지유는 웹툰으로 기대 이상의 수익을 거뒀다.

시즌 2를 준비하며 몇 달을 푹 쉬어도 아무 문제가 없을 것이다.

어차피 스토리는 최치우의 머릿속에 다 있다.

문지유가 체력을 회복하고 새롭게 시즌을 시작할 준비를 마치면 된다.

최치우를 만나 인생 역전의 꿈을 이룬 그녀는 생애 첫 해외여행을 다녀오기로 했다.

애니메이션의 성지인 일본에서 한 달 정도 머물며 충전할 계획을 세운 것이다.

반면 최치우는 문지유처럼 마냥 쉴 수 없었다.

원래부터 웹툰 스토리를 짜는 데 투자한 시간은 얼마 되지 않았다.

그는 1년 안에 독도에서 메탄 하이드레이트 시추가 가능하도록 판을 짜고 싶었다.

그러기 위해서는 치밀하면서도 과감하게 움직여야 한다.

계란으로 바위를 박살 내야 하는 것이다.

물론 남 좋은 일만 시킬 수는 없었다.

성공의 열매를 지키기 위해서는 스스로 판을 주도하는 존재가 돼야 한다.

한편, 이 와중에 파이트 클럽 운영자가 연락을 취해왔다.

칠성파 행동 대장 김인철을 무참히 꺾으며 파란을 일으킨 게 벌써 1년 전이다.

그동안 몇 차례 접촉이 있었지만 최치우는 한국에서 손꼽히는 강자가 아니면 관심이 없다고 말했다.

그럼에도 불구하고 다시 연락한 걸 보면 제대로 된 대진을 맞춘 것 같았다.

"이번에는 진짜 강한 사람입니까?"

최치우는 운영자의 전화를 받자마자 도발적으로 물었다.

파이트 클럽은 그의 관심 순위에서 뒤로 밀린 지 오래이다.

그렇기에 운영자가 자신을 어떻게 생각할지 신경 쓰지 않았다.

"시간이 오래 걸린 건 설득을 위해서였네. 자네가 단번에 김인철을 쓰러뜨린 특급 유망주지만 S급 파이터들과 싸우기에는 레퍼런스가 너무 부족해서 어려웠지."

"그럼 이만 끊겠습니다."

"사람 말을 끝까지 들어야지! 아주 어려운 조건이었지만 성사시켰네. 한국 국적을 가진 파이터 중에서 가장 강하다고 보증하지."

"누구입니까?"

한국에서 가장 강한 파이터를 섭외했다는 말에 살짝 흥미가 돋았다.

최치우의 피에 깃든 전사의 본능은 숨길 수 없었다.

"미국 파이트 클럽에서 UFC 라이트헤비급 챔피언을 쓰러뜨린 주인공이네. 참고로 흑인 혼혈이지. 어때? 이만하면 움직이겠나? 자네에게 배정된 파이트 머니는 1억. 만에 하나 승리를 거둔다면……."

"어마어마한 보너스가 쏟아지겠군요."

"바로 그거지."

최치우는 파이트 클럽에 깊게 관여할 생각이 없었다.

그러나 내공과 마법을 쓰지 않고 순수한 육체의 힘으로 한국의 최강자를 쓰러뜨리고픈 마음이 생겼다.

최강이라고 지은 닉네임이 사실임을 증명할 수 있는 기회였다.

'이참에 한국 파이트 클럽을 평정해 버리면 더 이상 귀찮게 하지 않겠지. 그리고 어머니, 어머니께 번듯한 가게를 차려 드리자.'

기본 파이트 머니 1억과 승리 보너스, 거기에 웹툰을 연재하며 얻은 수익을 더하면 작은 가게를 차리기엔 충분할 것이다.

독도 프로젝트에 몸을 던지기 전, 무조건 아들을 믿어준 어머니에게 선물을 드리고 싶었다.

"합시다. 대신 내가 이기면 돈 말고 다른 부탁도 하나 들어주는 조건으로."

"어떤 부탁을 하려고 그러지?"

"그건 이긴 다음에 말하죠."

"좋아, 최고의 파이트로 VVIP들만 모시겠네."

최치우는 싸움만 하고 말 생각이 아니었다.

새로운 세상에 적응하며 끝없이 진화 중인 그의 승부수가 본격적으로 빛을 발하게 될 것 같았다.

2장

미친놈이 미친놈에게

　서울로 돌아온 최치우는 문지유와 저녁을 먹었다.

　곧 일본으로 재충전 여행을 떠날 그녀를 응원하고 축하하기 위해서였다.

　그는 시즌 2에 대한 부담을 절대 주지 않았다.

　네트의 윤영국 팀장이 빠른 연재 재개를 위해 얼마나 애걸복걸하는지도 전달할 필요가 없었다.

　가장 중요한 것은 문지유의 컨디션과 자신감이었다.

　그녀는 누구보다 시즌 2를 빨리 그리고 싶어 했다.

　하지만 창작력이 고갈되면 답이 없다.

　그 느낌은 창작을 해본 사람만 이해할 수 있는 부분이다.

　"누나, 걱정하지 말고 푹 쉬다 와요. 시즌 2는 올 겨울부터 시작해도 안 늦고… 만약 힘들면 네트에선 내년까지도 기다려 준다고 했으니까."

"그렇게 말해줘서 고마워, 치우야. 네트 쪽 입장도 있을 텐데 힘든 일은 네가 다 맡아서 하고……."

"그게 내 일인데요. 누나는 아무 데도 신경 쓰지 말고 그림만 그리면 됩니다. 이번 여행에서는 아예 그림 생각도 싹 잊어버리고 재밌게 놀다 왔으면 좋겠어요."

"아니야. 아키하바라에서 영감 많이 받고 시즌 2는 더 멋지게 그릴게!"

문지유가 당차게 대답했다.

원래 그녀는 우물쭈물하며 말을 더듬기 일쑤였다.

그러나 리얼 헌터를 연재하며 성격도 조금씩 변하고 있었다.

자기가 좋아하는 일을 하며 인정받게 되면 자존감이 높아질 수밖에 없다.

최치우는 문지유의 긍정적인 변화를 흐뭇하게 지켜봤다.

나이로는 누나 동생이지만, 실제 관계에서는 최치우가 큰오빠 노릇을 하고 있었다.

두 사람은 저녁 식사를 마치고 식당에서 나왔다.

미슐랭 1스타를 받은 레스토랑의 디너 코스를 먹었기에 디저트와 커피도 마셨다.

이제 잠시 헤어질 시간이다.

원래도 자주 보지는 않았지만 괜히 기분이 묘해졌다.

특히 문지유가 짙은 아쉬움을 느끼는 것처럼 보였다.

"금방 쌩쌩해져서 돌아올게, 치우야. 그리고 맨날 하는 말이지만… 정말 고마워."

"나도 늘 하는 말이지만, 누나한테 고마워요."

"이, 이건 내 선물이야. 시즌 1 성공 기념 선물이라 생각하고 받아줘."

문지유가 불쑥 선물을 내밀었다.

최치우는 놀란 표정으로 선물을 받았다.

"난 아무것도 못 챙겼는데……."

"괜찮아. 널 만난 게 나한테는 제일 큰 선물이니까. 그, 그럼 일본 다녀와서 연락할게."

문지유가 인사를 건네고 도망치듯 후다닥 돌아섰다.

최치우는 그녀의 뒷모습을 바라보며 미소를 지었다.

곧이어 문지유의 모습이 코너를 돌아 사라졌다.

"나도 다음부터는 작은 거라도 좀 챙겨야겠다."

그는 궁금증을 참지 못하고 자리에서 선물 상자를 열었다.

아기자기하게 포장된 작은 선물 상자 안에는 넥타이가 들어 있었다.

"명품으로 샀네. 이거 비쌀 텐데."

최치우는 문지유의 정성에 고마워하며 혼잣말을 읊조렸다.

넥타이 옆으로 작은 메모지가 보였다.

―앞으로 정장 입을 일 많아질 거 같아서 골라봤어.

정말 짧은 메모였지만 문지유의 마음이 느껴졌다.

그녀가 넥타이를 고르기 위해 백화점 매장을 들락날락했을 모습이 상상됐다.

고마운 인연들 덕분에 소중한 순간이 점점 늘어나고 있었다.

차곡차곡 쌓인 순간은 먼 미래에 추억이란 이름으로 남을 것이다.

최치우는 아무래도 이번 인생을 가장 좋아하게 될 것 같았다.

어쩌면 이미 그러고 있는지도 모른다.

　　　　　*　　　　　*　　　　　*

운영자는 빠릿빠릿하게 움직였다.

그로서도 어렵게 성사시킨 빅 매치였다.

그렇기 때문에 평소보다 바쁘게 일정을 진행시킬 수밖에 없었다.

역시 저번처럼 상대에 대한 자세한 정보는 비공개였다.

하지만 UFC 라이트헤비급 챔피언을 쓰러뜨린 흑인 혼혈이라는 것만 해도 충분한 정보였다.

'미국에도 파이트 클럽이란 게 있다는 말이지. 게다가 UFC 챔피언이 출전할 정도면… 보이지 않는 어마어마한 시장이 있다는 뜻.'

최치우는 운영자와의 통화에서 더 중요한 정보를 얻었다.

파이트 클럽은 한국만의 단체가 아닌 것 같았다.

미국에서도 운영되고 있고 현직 UFC 세계 챔피언이 참여하기도 한다.

운영자가 거짓말을 했을 리는 없다.

인터넷에 UFC 라이트헤비급 챔피언을 치면 정보가 주르륵 뜬다.

'백 헨더슨. 훈련 중 부상을 입어 내년까지 UFC 출전 불가. 따라서 잠정 챔피언과 랭킹 2위의 다음 타이틀 매치 이후에는 벨트를 반납해야 한다. 여기서 말한 훈련 중 부상을 파이트 클럽에서 당했겠군.'

공식 발표는 훈련 중 부상이라고 났지만 보나마나였다.

백 헨더슨을 저 지경으로 만들었으니 상대는 분명 탈(脫) 아시아 레벨이다.

내공을 전혀 쓰지 않으면 제법 붙을 맛이 날지도 모르겠다.

파이트 머니 1억 원도 적지 않은 액수였다.

UFC 페더급에서 챔피언 타이틀 매치에 도전한 한국 선수가 파이트 머니 1억을 받았다.

최치우처럼 아무런 정보가 없는, 전적 1승의 신인이 1억 원을 보장 받는다는 건 파이트 클럽이기에 가능한 일이었다.

"나랑 붙을 상대는 최소 10억 이상 받겠네. 물론 내가 이겨서 1억에 보너스까지 받고…… . 정신이 반쯤 나간, 그러나 돈은 썩어나는 투자자를 잡아야지."

최치우는 단순히 한 번의 싸움만 바라보고 있지 않았다.

실전 경험 부족은 다른 방면으로 채우면 된다.

어차피 현대에서는 누구와 싸워도 최치우를 만족시킬 수 없었다.

최신형 무기로 중무장한 군대라면 이야기가 달라질 수 있겠지만 말이다.

대신 파이트 클럽을 통해 지름길을 걸어갈 수는 있다.

본격적으로 미래 에너지와 자원을 개발하기 시작하면 버는 돈의 액수가 달라지겠지만 지금으로선 1억도 큰돈이다.

뿐만 아니라 최치우는 파이트 클럽에 돈을 펑펑 쓰는 큰손들과 만나고 싶었다.

아드레날린에 중독된 부자들, 일반적인 상식으로는 이해할 수 없는 족속들이 궁금했다.

그들이라면 최치우의 계획에 흥미를 보일지 모른다.

평범한 투자자는 최치우의 계획을 미쳤다고 평가할 게 뻔하다.

"사람은 큰물에서 놀아야지."

최치우는 대한민국에서 가장 강하다는 상대와의 싸움을 걱정하지 않았다.

이미 싸움 이후를 생각하며 의미심장한 말을 남겼다.

현실에서 그는 잘나가는 웹툰 스토리 작가, 그리고 조금씩 주목을 받기 시작한 서울대 공대 F.E의 멤버이다.

단기간에 빼어난 성과를 이뤘지만, 아직은 사회에서는 유망주 취급을 받을 수밖에 없다.

독자적으로 대형 프로젝트를 이끌며 판을 바꾸기엔 부족한 이력이다.

하지만 최치우에게는 무력이라는, 그것도 지상 최강의 무력이라는 비밀 병기가 있었다.

파이트 클럽에서의 활약을 통해 큰물에서 노는 투자자를 끌어들여 판을 짠다.

그다음 김도현 교수와 F.E 멤버들이 주축이 되어 독도의 메탄 하이드레이트 개발 작업에 드라이브를 건다.

과정마다 필요한 어려운 작업은 최치우가 직접 나서서 음으로 양으로 해치워 버린다.

이게 현재까지 최치우의 머릿속에 그려진 빅 플랜이었다.

누가 들으면 영화 시나리오라고 생각할 것이다.

그러나 최치우는 자신의 플랜을 실제로 이뤄낼 자신이 있었다.

그것도 1년을 넘기기 전에.

"치우야!"

그때 맑은 목소리가 최치우의 상념을 깨웠다.

길 건너편에서 같은 과 동기 유은서가 손을 흔들며 걸어오고 있었다.

최치우는 그녀의 연극 동아리 공연에 가겠다는 약속을 어겼다.

독도를 다녀온 뒤 이것저것 생각을 정리하느라 연극을 깜빡

한 것이다.

그 대신 유은서에게 밥을 산다고 했다.

파스텔 톤 원피스를 입고 연하게 화장을 한 유은서는 기분이 좋아 보였다.

웃음기를 머금어서인지 평소보다 더 귀여운 티가 났다.

길을 지나다니는 사람들, 특히 남자들은 유은서를 곁눈질로 쳐다보기 바빴다.

공대 여신 소리를 들을 만했다.

칙칙한 공대를 다니는데도 연극 동아리에서 여자 주인공 역할을 맡았으니 설명이 필요 없었다.

"많이 기다렸어?"

"아니. 나도 방금 왔어."

"독도는 잘 갔다 왔지? 미래 에너지 탐사대랑 김도현 교수님, 여기저기 신문에 많이 나왔던데, 진짜 신기했어."

"재밌는 경험이었지. 일단 밥부터 먹으러 가자. 뭐 먹을래?"

최치우는 유은서와 나란히 걸음을 맞추며 합정역 카페 거리로 들어섰다.

여름방학이 끝나기 전에 해결해야 할 굵직한 일들을 앞두고 있지만, 일상을 포기하고 미션에만 집중하고 싶진 않았다.

그래서는 앞선 여섯 번의 환생과 다를 게 하나도 없다.

저녁이 되자 천천히 어둠이 내려앉고 있었다.

세련된 디자인의 가로등이 합정역 카페 거리를 비추고, 최치우와 유은서는 자주 웃음을 터뜨리며 식당을 골랐다.

스무 살의 여름다운 나날이었다.

*　　　　*　　　　*

파이트 클럽의 매치 장소를 통보받은 최치우는 어이가 없어서 웃음이 나왔다.

운영자는 올림픽 공원 체조 경기장을 빌렸다.

UFC에서 한국 투어를 진행했을 때 사용한 바로 그 경기장이었다.

양지에는 UFC가 있지만, 리얼한 싸움이 펼쳐지는 음지의 지배자는 파이트 클럽이란 걸 과시하는 듯했다.

대체 어떻게 체조 경기장을 빌렸는지 궁금해졌다.

돈만 있다고 해서 대관할 수 있는 게 아니다.

특히 파이트 클럽처럼 비공개 행사의 경우 절차가 더 까다롭다.

대관 사유부터 행사 진행에 이르기까지 보안을 유지하기 어렵다.

그러나 파이트 클럽의 S급 매치에는 국내 최고의 VIP들이 관전자로 참석한다.

말 한마디로 정부 부처를 움직이는 사람도 있고, 돈이라면 썩어나서 요일마다 슈퍼카를 바꿔 타는 사람도 있다.

그들이 마음먹으면 체조 경기장을 빌려 비공개 행사를 치르는 것쯤은 일도 아니었다.

설령 그게 피가 튀고 사람이 죽어나갈지 모르는 불법 파이트라도 상관없는 것이다.

드러난 현실에서 통용되는 상식은 빙산의 일각에 불과했다.

최치우는 대학교 1학년의 시각으로 이 세계를 판단하면 안되겠다고 느꼈다.

평범한 사람들은 알 수 없지만 현대의 지구는 어느 차원보다 더 복잡한 약육강식의 정글 같았다.

개개인의 무력이 약하다고 해서 만만히 볼 차원이 아니었다.

'일단 당장은 매치에만 집중하자. 하나씩 하나씩 엮다 보면 뿌리까지 나오겠지.'

천 리 길도 한 걸음부터다.

최치우는 누구보다 빠른 속도로 성장하고 있었다.

이렇게 앞으로 나가다 보면 금방 세계를 움직이는 자리에 올라갈 것이다.

공개되지 않은 무수한 비밀도 자연스레 접하게 되리라.

벌써부터 조급증을 낼 필요는 없었다.

"대기실로 모시겠습니다."

최치우는 체조 경기장 입구에서 까다로운 신분 확인 절차를 밟았다.

확실히 모든 게 1년 전 파이트와는 달랐다.

당시만 해도 시설이 나쁘진 않았다.

하지만 올림픽 공원 체조 경기장은 국제 무대가 열리는 곳이다.

선수 대기실의 규모와 안락함을 다른 곳과 비교하면 실례이다.

끼이익―

대기실에 도착한 지 10분쯤 지났을까.

여전한 얼굴의 운영자가 문을 열고 들어왔다.

"이거 보게. 키가 더 크고 몸도 좋아졌군. 확실히 아직 성장기란 말이지."

"오랜만에 보자마자 웬 호들갑입니까?"

최치우는 심드렁하게 대답했다.

파이트 클럽 운영자가 친한 척을 하는 게 마음에 들지 않았다.

"못 본 사이 더 까칠해졌구만. 준비는 다 됐겠지?"

"싸울 준비는 언제든."

"좋네, 좋아! 오늘은 특별히 최고의 VVIP 30명만 초대했네."

스케일이 달랐다.

이토록 넓은 체조 경기장에 겨우 30명만 부른 것이다.

이유는 간단했다.

한 사람, 한 사람에게 넉넉하고 편안한 공간과 프라이버시를 보장해 주기 위해서이다.

S급 파이터가 나서는 빅 매치에는 사람을 많이 부를 이유가 없었다.

소수의 VVIP들이 막대한 돈을 쓰기 때문이다.

"사실은 우리 VVIP들도 반신반의하고 있어. 자네의 공식 랭크가 B급이기 때문이지. 이제껏 B급 신인이 S급 파이터와 붙은 적이 단 한 번도 없었네. 그러니 제대로 싸워줘야 내 모가지가 안 날아간다는 걸 명심해 주면 좋겠군."

"B급이고 S급이고 그냥 놀랄 준비나 하면 됩니다."

"자신감은 여전하니 마음이 조금 놓이네. 그럼 상대에 대해 알려주지."

가장 중요한 대목이 나왔다.

최치우는 여유롭게 앉아서 운영자의 얼굴을 쳐다보고 있었다.

"리키 김! 명실상부 대한민국에서 제일 싸움 잘하는 사람이야."

UFC 챔피언을 쓰러뜨린 흑인 혼혈의 이름을 알게 됐다.

하지만 별다른 감흥은 없었다.

이긴다. 무조건 이긴다.

어떻게 이기느냐의 문제일 따름이다.

"최강 자네가 대등하게 싸우기만 해도 스폰서들은 엄청난 보너스를 쏠지 모르네."

운영자는 본명 대신 닉네임으로 최치우를 불렀다.

최치우는 그의 말에 피식 미소를 지었다.

"운영자 아저씨, 오늘 놀랄 일이 많겠네요."

"무슨 소리지?"

"나중에 보면 알게 될 겁니다. 그보다 내가 이기면 부탁을 들어주기로 한 거 지켜야 합니다."

"그거야 당연하지! 그런데 대체 무슨 부탁을 하고 싶은 건가?"

처억.

최치우는 무대로 나가 싸우기 위해 자리에서 일어섰다.

그는 이전보다 더욱 짙은 미소를 머금고 운영자를 쳐다봤다.

"파이트 클럽의 스폰서 중에서… 제일 돈 많고 제일 미친놈을 소개해 주세요. 나와 단둘이서 만나도록."

최치우가 무대에 올랐다.

링 맞은편에는 까무잡잡한 피부의 남자가 서 있었다.

경지에 오르면 체격만 봐도 대강의 수준을 짐작할 수 있다.

리키 김, 그는 어중이떠중이가 아니었다.

UFC 라이트헤비급 챔피언을 쓰러뜨린 것도 100% 사실일 것이다.

'완벽한 하드웨어를 타고났어.'

최치우는 살짝 고개를 끄덕이며 감탄했다.

리키 김은 절대 거구가 아니었다.

대신 체형의 밸런스가 완벽에 가까웠다.

180㎝ 정도 될 것 같은 키, 길쭉한 팔다리, 골고루 발달된 근육까지.

무공을 익히지 않고 평범한 수련으로 저런 몸을 만들었다는 게 놀라웠다.

'곤륜노들이 떠오르는군.'

최치우는 무림에서의 기억을 돌아봤다.

곤륜산 부근에는 서역에서 넘어온 외국인이 심심찮게 나타났다.

그중에서도 백인은 벽안인, 흑인은 곤륜노로 불렸다.

특히 곤륜노들은 무지막지한 외공으로 무림에서도 악명이 높았다.

내공을 깊이 수양한 곤륜파의 검객들이 허무하게 패배하는 일도 잦았다.

리키 김을 보고 있으니 곤륜노들과 치열하게 맞붙던 시절이 생각났다.

최치우의 시선을 느낀 것일까.

리키 김도 이쪽을 쳐다봤다.

물끄러미 바라보는 눈동자에서는 적의가 느껴지지 않았다.

마치 회사에 출근한 직장인 같은 눈빛이다.

'확실히 특이하네.'

최치우는 미소를 지었다.

아마도 한국 파이트 클럽에서 마지막이 될 상대가 바로 리키 김이다.

첫인상일 뿐이지만 주먹을 교환할 가치는 있을 것 같아 다행이었다.

"라이트 사이드, 키 180㎝에 몸무게 92㎏, 파이트 클럽 전적 8승 무패! 설명이 필요 없는 대한민국 최강자, UFC 챔피언을 농락한 남자 리키─!"

소개하는 운영자의 목소리 톤이 살짝 높아졌다.

호들갑을 떨지는 않았지만 그 역시 S급 파이터 리키 김의 등장에 흥분하고 있었다.

"레프트 사이드, 키 179㎝에 몸무게 78㎏, 파이트 클럽 전적 1승 무패. 단번에 S급 매치에 오른 유일한 신인 최강!"

최치우, 아니, 신인 파이터 최강의 이력은 상대적으로 초라했다.

그럼에도 불구하고 리키 김은 방심하지 않는 것 같았다.

큰 눈으로 최치우를 바라보며 기세를 다듬고 있었다.

'조폭 따위와는 다르다. 생각보다 재밌겠어.'

최치우도 상대를 인정했다.

칠성파 행동 대장 김인철과는 격이 다른 진짜배기였다.

물론 그렇다고 해서 긴장이 되는 건 아니었다.

내공과 마법을 쓰지 않아도 여유롭게 이길 자신이 있었다.

그렇지만 곧 시작될 싸움이 무의미한 시간 낭비가 될 것 같진 않았다.

"매치 시작 전, 마지막 배팅받겠습니다."

어두운 객석에서 미니스커트를 입은 미녀들이 바쁘게 움직였다.

30명의 VVIP들은 과연 누구에게 얼마를 걸까.

S급과 B급.

한국에서 제일 싸움을 잘한다는 리키와 정체 모를 신인 최강.

99 : 1이라는 극단적인 배당이 떠도 이상할 게 없었다.

'나한테 돈 건 사람들은 오늘 대박 나겠다.'

최치우는 스스로에게 돈을 걸고 싶었다.

역배당으로 대박이 날 걸 확신하기 때문이다.

"매치— 업!"

곧이어 파이트의 시작을 알리는 음성이 울렸다.

파이트 클럽에서는 정해진 룰이 없었다.

낭심을 공격해도 되고 눈을 찔러도 괜찮았다.

당연히 1라운드 5분이라는 격투기 룰도 따르지 않았다.

쉬는 시간 없이 한쪽이 전투 불능이 될 때까지 무제한 룰로 싸울 뿐이다.

스윽—

리키 김이 천천히 주먹을 내밀었다.

격투기 선수들이 종종 하는 인사이다.

하지만 살벌한 전쟁터인 파이트 클럽과는 어울리지 않는 행위였다.

툭!

최치우는 여유롭게 웃으며 주먹 대 주먹으로 인사를 나눴다.

'마음에 드는 친구네.'

그러나 이제부터는 1초도 방심할 수 없었다.

인사가 끝난 직후 리키가 동물처럼 쇄도했다.

전광석화 같은 동작으로 갑자기 파고든 것이다.

혹!

어퍼컷이 치솟았다.

새까만 주먹이 최치우의 턱을 노렸다.

부웅—

최치우는 간발의 차로 어퍼컷을 피했다.

웬만한 파이터는 방금 전의 공격에 당했을 것이다.

'진짜 실력자다.'

최치우가 감탄하는 사이, 리키는 바로 다음 동작을 이어나
갔다.

그의 레게 머리가 몸의 스피드를 감당하지 못하고 출렁거렸
다.

빡! 파곽!

강력한 펀치가 최치우의 가드를 두드렸다.

팔뚝이 욱신거렸다.

최치우가 아닌 다른 사람이었다면 곧장 가드가 풀렸을 것이
다.

'이제……'

그는 리키의 공격이 멈춘 잠깐의 틈을 놓치지 않았다.

내공을 안 써도 판단력과 스피드, 파워는 이미 인간의 한계
를 초월했다.

'내 차례다!'

퍼어억!

대각선으로 휘어진 펀치가 리키의 어깨를 강타했다.

원래는 관자놀이를 노렸다.

리키가 순간적으로 어깨를 들어 치명타를 막아낸 것이다.

"왓 더 헬!"

뒤로 물러선 리키가 영어로 욕을 내뱉었다.

최치우의 주먹에 맞은 그의 어깨가 시뻘겋게 부어올랐다.

어마어마한 파괴력을 체험한 것이다.

만만치 않은 통증이 리키의 전투 본능을 일깨웠다.

리키 김은 이전과 달리 눈을 사납게 떴다.

'제대로 해볼 마음이 들었나 보군.'

최치우는 자세를 낮추고 공격에 대비했다.

이윽고 리키가 한 마리 흑표범처럼 달려들었다.

'주먹? 발? 아니다!'

타격이 아니었다.

바람처럼 다가온 리키가 두 팔을 뻗어 최치우의 몸통을 잡았다.

'그래플러(Grappler)! 골치 아프게 됐어.'

단단한 근육으로 미끈미끈 온몸을 조이는 게 장난이 아니었다.

숙련된 레슬러, 혹은 주짓수 마스터의 냄새가 났다.

으드득!

리키의 양팔이 최치우의 왼팔을 기묘한 각도로 꺾었다.

관절과 근육이 비명을 지르는 게 느껴졌다.

'내공은 절대 안 써. 점혈도 필요 없다.'

최치우는 자존심을 지켰다.

내공을 쓰거나 점혈법을 사용하면 실전에서 붙는 의미가 사라진다.

그는 고통을 참으며 눈을 부릅떴다.

'금강나한권으로 끝낸다.'

온몸이 붙잡혀 주먹을 휘두를 공간이 없다.

하지만 이럴 때 안성맞춤인 초식이 있다.

'나한극(羅漢戟).'

최치우는 오른손을 펼쳐 수도(手刀)를 만들었다.

나한극은 손목 관절의 반탄력을 이용해 짧은 공간에서 무시무시한 위력을 발휘하는 초식이다. .

으드드드득!

왼쪽 팔이 탈골 직전까지 압박을 받는 순간, 망설임 없이 나한극을 펼쳤다.

투웅—!

간단하게 까딱 움직인 최치우의 손날이 리키의 갈비뼈 사이에 박혔다.

관중들은 무슨 일이 일어났는지 보기도 힘들었다.

그러나 리키는 마치 도끼에 몸통을 찍힌 듯한 충격을 받았다.

"커흡!"

리키의 호흡이 거칠어졌다.

고수들의 싸움에서 호흡이 깨지면 승부는 갈린 것이나 마찬가지다.

딱 달라붙어 있던 리키가 비틀거리며 물러섰다.

이럴 때는 깔끔하게 끝내주는 것이 예의이다.

최치우는 바닥을 박차며 마지막 한 방을 날렸다.

'명파금강(鳴波金剛).'

부드럽게 뻗은 정권이 리키의 명치에 꽂혔다.

왕(王) 자 근육으로 무장했어도 방법이 없다.

명파금강은 몸 내부를 흔들어 무너뜨리는 초식이기 때문이다.

만약 최치우가 내공을 담았다면 오장육부가 찢어졌을 것이다.

쿠우웅!

리키 김이 의식을 잃은 듯 뒤로 쓰러졌다.

여기까지 1분 30초.

최치우는 내공을 쓰지 않고 대한민국의 비공식 최강자를 이겼다.

"와―!"

"저게! 하아……!"

"말이 돼?"

어둠으로 가려진 관중석에서 탄식과 비명이 터져 나왔다.

VVIP들은 여간해선 소리를 내지 않는다.

그렇지만 B급 신인 파이터가 리키를 쓰러뜨렸으니 경악할 수밖에 없었다.

파이트 클럽 운영자도 마찬가지였다.

링 가까이에 서 있는 그는 설마 최치우가 리키 김을 이길 거라고는 상상하지 못했다.

최치우는 운영자의 넋이 나간 얼굴을 보며 씨익 웃었다.

기대 이상으로 재밌는 싸움이었다.

그리고 당연한 승리를 얻었다.

The winner takes it all.

승자는 모든 것을 얻는다.

최치우는 승리의 열매를 남김없이 먹어치울 작정이다.

＊　　　　＊　　　　＊

1억의 파이트 머니, 그리고 의외의 결과에 깜짝 놀란 VVIP들이 쏜 보너스만 3억이었다.

30명이 평균 천만 원씩 보너스를 낸 셈인데, 사실은 세 명이 각각 1억이라는 거금을 냈다고 한다.

대부분의 VVIP들은 리키에게 거액을 배팅했고, 최치우 덕에 판돈을 모조리 날렸다.

돈이 문제인 사람들은 아니지만 승부에서 지면 기분이 나빠질 수밖에 없다.

그래서 S급 파이터의 매치치고는 의외로 적은 보너스가 나왔다고 한다.

운영자는 태연한 얼굴로 3억이 적은 돈이라고 말했다.

그는 리키를 꺾고 단숨에 한국에서 손꼽히는 파이터로 급부상한 최치우에게 잘 보이려 애썼다.

"최강, 진짜 이름 그대로 최강이었구만. 내가 원석 하나는 기가 막히게 발견했지."

"아까는 얼빠진 표정 아니었습니까?"

"그거야 너무 놀라서 그랬고……. 이제 최고의 스폰서들이 자네를 주목하기 시작했으니 다음 매치 파이트 머니는 10억을 넘길 수 있을 것 같네."

평범한 사람은 평생 모을 수 없는 돈이 10억이다.

싸움 한 판에 그만한 돈을 보장받을 수 있다.

최치우가 마음먹고 한국의 파이트 클럽을 휩쓸면 돈을 쓸어 담는 것도 가능했다.

그러나 최치우는 파이트 클럽에 흥미를 잃었다.

리키를 능가하는 상대가 나올 것 같지도 않고, 생활비와 학비는 웹툰 연재로 해결된다.

그는 이제부터 미래 에너지와 자원 개발에 집중하고 싶었다.

프로젝트 하나만 성공하면 수천 억, 수조 원 이상의 부가가치를 낳는 일이다.

남들에게는 크게 느껴질 10억이라는 돈이 시시하게 여겨질 수밖에 없었다.

"우리가 지급하는 돈은 모두 안전하네. 추적도 불가능하지. 한 번에 거액을 쓰지만 않는다면 세무서에서도 눈치챌 수 없고, 만약 문제가 생기면 내게 말하게. 국세청을 관할하는 정무위원회 국회의원도 우리 VVIP니까."

"알겠습니다."

"이번에는 자네가 받을 돈이 총 4억이로군. 액수가 커졌으니 차명 계좌에 5천씩 넣어서 통장 여덟 개를 만들어주겠네."

"돈보다 더 중요한 부탁이 있습니다."

최치우는 4억보다 중요한 부탁을 언급했다.

운영자는 떨떠름한 얼굴로 그를 쳐다봤다.

"제일 돈 많고 제일 미친놈을… 소개해 달라는 말, 진심이었나?"

"당연히 진심이었습니다. 안 됩니까?"

"아니아니, 떠오르는 분이 있기는 하네만……."

운영자가 곤란한 듯 입술을 깨물었다.

그가 이렇게 고민하는 모습은 처음이다.

그만큼 함부로 부탁하기 어려운 사람인 것 같았다.

하지만 운영자는 리키를 쓰러뜨린 파이터 최강을 놓칠 수 없었다.

"한영그룹이라고 들어봤겠지?"

"재계 서열 10위 안에 드는 대기업이죠. 66빌딩도 한영그룹 소유라고 들었습니다."

"맞네. 한영그룹의 후계자라고 할 수 있는, 지금 회장님의 첫째 아드님이 우리 스폰서라네. 그분도 오늘 매치를 봤으니 자네를 만나고 싶어 하실 수도 있겠구만."

말로만 듣던 재벌 2세가 오늘 매치를 지켜봤다니 신기했다.

과연 파이트 클럽의 네트워크는 무시할 게 아니었다.

"직함은 전략 본부장이지만 나중에는 그룹을 물려받을 분이니 돈이 많기로는 누구에게도 뒤지지 않지. 그리고 무엇보다……."

"무엇보다?"

"최강 자네의 요청대로 굉장히 특이하신 분이네."

"미친놈이란 뜻이군요."

최치우는 운영자가 차마 하지 못한 말을 콕 짚었다.

촉이 왔다.

재계에서 미친놈으로 소문이 자자한 한영그룹의 후계자를 발판 삼아 마음껏 놀아볼 수 있을 것 같았다.

최치우는 다시 독도를 조준했다.

리키와의 싸움 또한 독도로 나아가는 과정이었다.

그의 그림은 독도에서 끝나지 않을 것이다.

아직 밝혀지지 않은 지구의 에너지와 자원, 세계의 신비를 캐낼 것이다.

최치우는 그야말로 미친놈처럼 거침없이 질주하고 있었다.

*   *   *

오늘 하루 최치우는 두 사람을 만나기로 했다.

둘 다 며칠 전 올림픽 공원 체조 경기장에서 엮인 사람들이다.

한 명은 최치우가 먼저 만나기를 원했고, 또 다른 한 명은 그쪽에서 최치우를 찾았다.

"프레지던트 스위트룸으로 가려면 어떻게 해야 하죠?"

최치우는 호텔 로비에서 질문했다.

그는 우선 먼저 만나고자 한 사람, 한영그룹의 후계자를 찾아왔다.

파이트 클럽 운영자를 통해 전해 받은 약속 장소는 다름 아닌 특급 호텔이었다.

광화문 광장이 내려다보이는 위치에 새로 문을 연 시즌스호텔은 로비부터 때깔이 달랐다.

"죄송하지만 성함이 어떻게 되십니까?"

"최치우입니다."

"신분증 부탁드리겠습니다."

호텔 직원은 깐깐하게 신분 확인을 했다.

프레지던트 스위트룸의 숙박료는 1박에 2천만 원 수준이다.

각국의 정상이나 기업 오너, 국제적인 스타들이 머무는 곳이기에 아무나 올려 보낼 수 없었다.

미리 컨펌을 받은 사람만 출입이 가능했다.

당연히 전용 엘리베이터도 따로 있었다.

"협조해 주셔서 감사드립니다. 저희 직원이 안내해 드리겠습니다."

안내를 해주는 전담 직원의 복장도 다른 사람들과 달랐다.

최치우는 직원을 따라 별도로 마련된 엘리베이터에 탑승했다.

띠잉—!

고층으로 올라간 엘리베이터가 멈췄다.

한 발 앞서 내린 직원이 대리석으로 장식된 복도를 가로질렀다.

스위트룸 전용 층이라고 하는데 방문이 몇 개 보이지 않았다.

그만큼 넓은 공간을 소수의 고객들에게 배정한 것이다.

"여기서 벨을 누르시면 됩니다. 저는 먼저 내려가 보겠습니다."

"고맙습니다."

직원은 허리를 숙이고 다시 엘리베이터를 타러 갔다.

프라이버시를 중시하는 VVIP 고객에게 불편을 주지 않기 위한 조치였다.

딩동!

혼자 남은 최치우가 벨을 눌렀다.

곧이어 대답 대신 자동으로 문이 열렸다.

철커덕!

최치우는 주저하지 않고 룸 안으로 들어섰다.

그냥 스위트룸도 아닌 프레지던트 스위트룸은 어떻게 꾸며
놨을지 궁금했다.

'다르긴 다르네.'

기다란 복도가 최치우를 기다리고 있었다.

벽면에는 명화가 걸려 있고 자단목과 대리석을 아낌없이 사
용했다.

"최강 선수?"

복도 저편에서 누군가 나타났다.

정장을 타이트하게 입은 30대 중후반의 젊은 남자였다.

그가 바로 재계 서열 10위 안에 드는 한영그룹의 후계자 임
동혁 본부장이었다.

"처음 뵙겠습니다, 본부장님."

최치우는 인사를 건네고 그에게 가까이 다가갔다.

입구와 연결된 복도를 지나치자 프레지던트 스위트룸이 얼
마나 넓은지 알 수 있었다.

그랜드피아노가 놓인 거실에서는 광화문 광장이 내려다보였
고, 다섯 개 이상의 방이 더 있는 것 같았다.

하지만 호화스러운 스위트룸에 감탄할 때가 아니었다.

임동혁 본부장.

예상보다 훨씬 젊고 탄탄한 몸을 지닌 그의 눈빛이 심상치
않았다.

"나는 처음이 아닙니다. 파이트 클럽에서 최강 선수 덕분에

5억을 배팅했다 날렸으니까. 아주 유쾌한 경험이었습니다."

그는 존댓말을 쓰며 차분하게 말했지만 왠지 비꼬는 것 같았다.

눈동자에는 이상한 광기가 서려 있었다.

하긴, 파이트 클럽에서 무제한 룰로 싸우는 걸 지켜보며 몇억을 우습게 쓰는 사람이 정상일 리 없었다.

최치우는 임동혁의 눈을 피하지 않았다.

자본주의의 정점에 서 있는 남자지만 부모를 잘 만났을 뿐이다.

제국을 몰락시킨 전력이 있는 최치우는 옅은 미소를 지으며 대답했다.

"본부장님의 기억에 남았다니 다행이군요."

"아주 강렬했습니다. 그러니 따로 만나자는 제안에도 응한 것이고."

임동혁은 자신 앞에서 당당한 최치우가 흥미로운 듯했다.

그는 가죽으로 된 소파를 향해 손을 내밀었다.

"앉아서 이야기합시다. 광화문 광장을 내려다보면 왕이 된 것 같아 기분이 좋습니다."

임동혁이 바(Bar)에서 위스키 한 잔을 따랐다.

대낮부터 독한 위스키 잔을 든 그가 소파에 앉았다.

그의 맞은편에 앉으니 전면 유리 아래로 광화문 광장과 경복궁이 한눈에 들어왔다.

이런 풍경을 자주 보면 나르시스트가 될 수밖에 없을 것 같았다.

"나는 말을 빙빙 돌리는 걸 안 좋아합니다. 지루한 걸 세상에서 제일 싫어하는 성격이라…… 최강 선수, 파이트 클럽에서 뜨는 싸움꾼이 굳이 날 만나자고 한 이유가 뭡니까?"

대뜸 본론으로 들어간 임동혁이 위스키를 마셨다.

독한 위스키를 단숨에 반잔이나 마시는 걸 보니 싸움 구경만큼 술도 좋아하는 모양이다.

"평범한 사람은 감당할 수 없는 제안을 하기 위해서입니다."

최치우는 한 문장으로 임동혁의 흥미를 끄는 데 성공했다.

그는 임동혁과 같은 인간형이 어디에 끌리는지 정확히 알고 있었다.

일곱 차원에 걸친 경험이 있는데 모를 수가 없다.

평범하고 지루한 걸 죽기보다 싫어하며 자신의 특별함을 과시하기 위해 온갖 기행을 일삼는 유형이다.

그 과정에서 때로는 뛰어난 능력을 발휘하기도 한다.

제국의 황태자와 왕국의 왕자들이 임동혁과 같은 기질을 타고나는 경우가 많았다.

"싸움꾼이 제안이라…… UFC 같은 단체라도 하나 만들자는 건 아닐 테고."

"그런 시시한 일이라면 임 본부장님 말고도 하겠다는 사람이 줄을 섰습니다."

"하하하하하! 어디 들어나 봅시다. 한국에서 싸움을 제일 잘하는 남자의 제안을."

임동혁은 크게 웃으며 남은 위스키를 비웠다.

살짝 충혈된 그의 눈이 최치우를 똑바로 응시하고 있다.

최치우도 임동혁을 마주 봤다.

"독도 바다에 묻힌 자원, 메탄 하이드레이트를 채취하려고 합니다."

"뭐라고 했습니까?"

임동혁이 인상을 찡그렸다.

한영그룹은 방산과 건설, 금융을 비롯해 플랜트 개발 사업체도 가지고 있다.

그렇기에 임동혁도 메탄 하이드레이트가 뭔지는 충분히 알고 있었다.

아는 만큼 더 황당할 수밖에 없었다.

"갑자기 등장해서 리키를 쓰러뜨린 희대의 파이터가 뜬금없이 메탄 하이드레이트 이야기를 꺼내다니, 내가 어수룩한 재벌 2세로 보여서 사기를 치려는 겁니까? 그렇다면 많이 실망인데."

"아닙니다. 제 본명은 최치우, 서울대 에너지자원공학과에 다니고 있습니다. 얼마 전 김도현 교수님과 함께 미래 에너지 탐사대의 일원으로 독도에 다녀오기도 했습니다."

"김도현 교수와?"

임동혁이 놀라는 강도가 점점 커지고 있다.

파이트 클럽의 싸움꾼이 서울대 공대를 다니는 것도 놀라웠고, 김도현 교수와 함께 독도를 탐사한 멤버라는 것도 믿기 어려운 사실이었다.

"잠깐만."

임동혁이 스마트폰으로 검색했다.

김도현 교수와 최치우의 이름이 동시에 들어간 기사를 찾는 것이다.

"거짓말이 아니라니… 이거 참, 대한민국 파이터들 다 쪽팔려 죽어야겠습니다. 서울대 공대생에게 최강의 자리를 내주고."

"파이트 클럽은 기회를 잡기 위한 발판에 불과했습니다. 임동혁 본부장님, 지금 우리의 기술력과 여건으로 메탄 하이드레이트 채취가 불가능하다는 건 알고 있을 겁니다."

"알다마다. 우리 플랜트 사업부에서도 한때 검토를 했습니다."

"상황이 달라졌습니다. 외교적 마찰만 감당할 수 있다면 독도의 메탄 하이드레이트, 채취할 수 있습니다."

대체 무엇을 믿고 이토록 당당하게 말하는 것일까.

최치우는 표정 하나 변하지 않았다.

임동혁은 그런 최치우에게 이끌려 조금씩 심장이 뛰는 걸 느꼈다.

아드레날린이 분비되고 있는 것이다.

"상황이 달라졌다는 근거가 있습니까, 최강 선수? 아니, 최치우 씨."

"김도현 교수님과 함께한 탐사에서 가능성을 확인했습니다."

"말이 아니라 근거가 필요하다고 했습니다."

"30억만 먼저 투자하면 메탄 하이드레이트 실물을 해저에서 채취하는 기술을 가져오겠습니다. 그리고 서울대 공대와 한영 그룹이 함께 독도에 시추 기계를 세우는 겁니다."

밑도 끝도 없이 30억을 투자하라는 말을 들어줄 사람은 거의 없을 것이다.

그러나 임동혁은 파이트 클럽 운영자가 보증한 미친놈이다.

아드레날린 중증 중독자인 그는 이미 흥분한 상태였다.

물론 명색이 대기업 후계자인 임동혁이 순간의 감정만으로 결정을 내릴 리는 없다.

하지만 30억이라는 거액은 그에게 있어 그렇게 큰 리스크가 아니었다.

"핵심 기술만 확보되면 제반 환경은 얼마든지 만들 수 있습니다. 그렇게 되면 우리 한영은 국민 기업으로 거듭날 테고, 향후 국가사업에서의 입찰 주도권을 가지면서 투자 이상의 이익을 거두게 될 겁니다. 아버지도 더 이상 내게 지긋지긋한 잔소리를 하지 않을 수도. 문제는 내가 당신을 어떻게 믿느냐 아닙니까?"

"대한민국에서 싸움을 제일 잘하는 남자의 말이라면 뭐가 됐든 한 번쯤 믿어보는 것도 나쁘지 않겠죠. 솔직히 본부장님에게 30억은 푼돈이라 생각됩니다만."

"하! 그 한결같은 태도. 이렇게 따로 찾아온 걸 보면 서울대 차원에서 공식적으로 진행하는 프로젝트도 아닌 거 같고."

"맞습니다. 처음부터 끝까지 제가 엮을 겁니다. 본부장님이 투자를 결정하면 김도현 교수님과 함께 진행해야죠."

"그래서 핵심 기술은 언제까지?"

"겨울이 끝나기 전에 가져오겠습니다."

"구체적 플랜은 있습니까?"

"그거야 말이 아닌 결과로 보여 드릴 겁니다."

"최치우 씨, 당신 정말 대책 없이 미친놈인 거 압니까?"

"본부장님도 같은 부류의 사람이라고 해서 찾아왔습니다."

"하하하하하! 그렇지! 나도 미친놈이지!"

한바탕 폭소를 터뜨린 임동혁이 소파에서 일어났다.

그는 다시 바로 걸어가 싱글몰트 위스키를 가득 따랐다.

"까짓것, 30억짜리 내기라고 생각합니다. 실패하면 최치우 씨가 내 경호원이 되는 걸로. 한국에서 제일 센 사람을 수족으로 쓸 수 있다면 30억쯤 날려도 됩니다."

"그럴 일은 없겠지만, 받아들이죠."

정말 어이없게 30억짜리 딜이 결정됐다.

최치우도 그렇고 임동혁도 세상의 기준으로는 이해할 수 없는 사람이었다.

말이 쉬워 30억이지 재벌 2세에게도 가벼운 액수는 아니었다.

맨몸과 배짱 하나로 터무니없는 딜을 성사시킨 최치우는 임동혁을 바라보며 씨익 웃었다.

"그 위스키, 같이 한잔 마시고 싶습니다."

"아아, 술이라면 얼마든지."

아직 서로를 신뢰하지 않는, 그러나 서로에게 이상한 기대감을 느낀 두 사람은 건배를 했다.

그야말로 제정신이 아닌, 미친놈들의 회합이었다.

오늘의 만남이 해프닝으로 남을지, 아니면 역사를 바꾸는 분기점이 될지 지켜봐야 할 것 같았다.

*　　　　　*　　　　　*

최치우가 만나려고 한 사람이 임동혁이었다면 최치우를 만나고 싶어 한 사람은 리키 김이었다.

파이트 클럽에서 최치우에게 불의의 일격을 당한 그는 운영자를 들들 볶았다고 한다.

보통 패배를 당한 사람은, 특히 도전자에게 쓰러진 챔피언은 복수심에 이를 갈게 마련이다.

그런데 리키는 달랐다.

복수를 하려면 리턴 매치를 요구했어야 한다.

그게 아니라 최치우와 사적인 자리를 만든 건 다른 생각이 있다는 뜻이다.

임동혁과 위스키 몇 잔을 마시고 나온 최치우는 택시를 잡았다.

리키와의 약속 장소는 광화문 바로 옆 삼청동의 한옥 찻집이다.

삼청동 언덕의 찻집에 도착하니 리키가 기다리고 있다.

전통차를 파는 기와집에 레게 머리를 한 흑인 혼혈이 앉아 있으니 사뭇 이질적으로 보였다.

이곳을 약속 장소로 선택한 사람은 리키 김이다.

그는 한국인으로서의 정체성을 사랑하는 것 같았다.

"이렇게 또 보게 될 줄은 몰랐네요."

신발을 벗고 찻집 안으로 들어간 최치우가 가볍게 인사를 했다.

리키는 양반 다리를 풀고 일어나 고개를 숙였다.

"UM… 이렇게 나와줘서 감사합니다, 최강."

그의 한국말은 제법 유창했다.

버터 발음이 묻어 나왔지만, 의사소통에는 불편함이 없었다.

"내 이름은 최치우입니다. 최강은 파이트 클럽에서만 쓰는 닉네임이죠."

"치우, 굿 네임. 멋있어요."

다소 어색한 덕담이 오갔다.

차를 시키고 마주 앉은 두 사람 사이에 잠시 침묵이 감돌았다.

"사실……."

리키가 어렵게 입을 열었다.

그는 보기와 다르게 매우 예의 바르고 순진한 사람 같았다.

최치우를 어려워하는 기색이 역력했다.

"부탁을 하고 싶어서 미팅을 요청했습니다, 치우."

"무슨 부탁입니까?"

"내가 치우를 잡았을 때, 클린치에서 스탠딩 암바를 걸려고 했을 때, 유 노우?"

"기억하고 있습니다. 위험한 상황이었으니까."

"그때 공간이 절대 안 나왔는데 손목 스냅으로 내 배를 때린 기술 말입니다."

리키는 자신이 어떻게 패배했는지 정확히 알고 있었다.

최치우가 금강나한권의 나한극으로 리키의 복부를 친 순간, 사실상 게임은 끝났다.

마무리를 지은 명파금강은 피날레였다.

"그 기술… 배우고 싶습니다. 꼭, 플리즈. 대신 시키는 거 뭐든 다 할게요. 유 남 생[You know what i'm saying]?"

리키의 커다란 눈동자가 흔들리고 있었다.

혹시 최치우가 거절할까 봐 안절부절못하는 게 티가 났다.

최치우는 웃음을 참으며 리키를 쳐다봤다.

자신을 때려눕힌 상대를 찾아와 싸움 기술을 알려달라니, 이 사람도 절대 정상은 아니었다.

'오늘은 미친놈만 두 명을 연달아 만나는군.'

그런데 이상하게 싫지가 않았다.

최치우는 말없이 리키를 바라봤고, 리키는 애가 타는지 레게 머리를 뒤로 걷어내고 눈만 끔벅거렸다.

확실한 사실은 하나이다.

그가 원했든 원하지 않았든 최치우에게 사람이 모이고 있었다.

그것도 평범함의 한계를 한참 벗어난 골 때리는 사람들이.

3장

찬스메이커

　2학기 개강을 앞두고 최치우는 어머니에게 평생 잊지 못할 선물을 드렸다.

　그는 일을 마치고 돌아온 어머니께 통장 여덟 개를 내밀었다.

　각각 다른 이름으로 5천만 원이 들어 있는 통장이다.

　"치우야, 이, 이게 다 뭐니?"

　"전에 통장을 보여 드렸을 때 어머니께서 뭐든 믿고 맡겨주신다고 하셔서 얼마나 고마웠는지 모릅니다. 자세한 말씀은 드릴 수 없지만 편하게 써도 되는 돈이에요. 이제 어머니만의 가게를 하셨으면 좋겠어요."

　"4억? 이 돈을 어떻게……."

어머니는 어느 순간 각성한 듯 변한 아들이 더 이상 평범하지 않다는 걸 알고 있었다.

1년 만에 성적을 끌어 올려 서울대에 들어가고, 웹툰을 만들어 돈을 척척 버는 걸 목격했기 때문이다.

그러나 갑자기 4억이라는 큰돈을 가져올 줄은 꿈에도 상상하지 못했다.

아침부터 밤늦게까지 김밥을 말아서 버는 돈이 한 달에 200만 원 남짓이다.

한 푼도 안 쓰고 20년을 꼬박 모아야 4억을 손에 쥘 수 있다.

누군가에게는 하루의 유희로 쓸 수 있는 돈이지만, 대부분의 사람들에겐 인생을 걸어도 벌기 힘든 돈이다.

여덟 개의 통장을 받아 든 어머니는 여전히 비현실적인 기분을 느끼는 것 같았다.

어쩌면 당연한 일이다.

최치우는 그런 어머니를 바라보며 진심을 담아 말했다.

"너무 복잡하게 생각하지 않으셔도 괜찮아요, 어머니. 앞으로 이것보다 훨씬 더 놀라운 일들이 많이 생길 겁니다. 이 돈은 그동안 남의 가게에서 고생하신 세월에 대한 보상이라고 생각하고 편하게 받아주세요."

"치우야, 나는 우리 아들을 무조건 믿는단다. 그래도 조금은 불안하고 걱정도 되는구나."

"항상 자랑스러운 아들이 될 거라는 약속, 지키겠습니다. 걱정 대신 그냥 기뻐해 주세요."

"정말… 정말로 이걸로 가게를 열어도 되겠니? 네가 긴히 쓰는 게 더 낫지 않을까 싶구나."

"전 개강하면 중요한 일 때문에 눈코 뜰 새 없이 바빠질 것 같습니다. 어머니께서 원하시는 곳에 마음껏 쓰는 게 제 소원입니다."

어머니가 한숨을 내쉬며 고개를 끄덕였다.

나쁜 감정이 실린 한숨은 아니었다.

가슴 깊은 곳에서 치밀어 오르는 벅찬 감동을 주체하지 못해 나온 한숨이었다.

"우리 아들이 이렇게까지 말하는데… 뭐 하나 제대로 못 해 줬는데 받기만 해서 어떡하니."

"그런 말씀 마세요. 매일 아침, 저녁 차려주시고 제가 엇나갈 때도 묵묵히 지켜봐 주셨잖아요. 그리고 저를 무조건 믿어주신 거, 그거면 충분합니다."

최치우의 목소리도 살짝 떨리고 있었다.

링스 월드를 포함하면 무려 여덟 개 차원에서 다른 인생을 살아봤다.

그렇지만 타인으로부터 절대적 신뢰를 받은 적은 단 한 번도 없었다.

그러나 지금의 어머니를 만나고 난 후 그는 사람이 사람에게 조건 없이 마음을 줄 수 있다는 걸 깨달았다.

그에 비하면 4억은 아주 약소한 보답일 뿐이다.

"우리 아들 보기에 부끄럽지 않도록 더 열심히 살아야겠구나."

"이미 저한테 어머니는 최고예요. 누구와도 비교할 수 없는."

최치우와 어머니가 동시에 미소를 지었다.

어머니의 눈가에 촉촉한 물기가 맺힌 것 같다.

긴 여름이 끝나간다.

가을이 되면 최치우는 임동혁과의 30억짜리 내기에 온몸을 던질 것이다.

그 전에 가장 소중한 사람을 먼저 챙길 수 있어 다행스러웠다.

*   *   *

"충성! 생명의 은인 최치우 님 아니십니까!"

캠퍼스에 들어서자 3학년 이시환이 장난스럽게 인사를 해왔다.

군대를 다녀온 이시환은 한참 선배이자 학생들의 신망을 받는 과대이다.

그런데 아무리 장난이라지만 최치우에게 거수경례를 하며 고마움을 표했다.

최치우는 독도에서 그의 목숨을 구해줬고, 이시환은 평생 은혜를 갚겠다고 사나이의 약속을 했다.

"뭐야, 형. 사람들이 이상하게 쳐다보잖아."

최치우는 그 사건 이후 이시환에게 말을 놓았다.

이시환이 먼저 친형제처럼 지내자고 요청했기 때문이다.

하지만 같은 과의 다른 학생들이 보기엔 적응되지 않는 광경이다.

"둘이 언제 이렇게 친해졌냐? 미래 에너지 탐사대라고 막 끈끈해지고 그런 거야?"

"큰 사고가 날 뻔했는데 치우가 저를 구해줬지 말입니다. 그래서 진짜 형, 동생처럼 지내기로 했습니다, 선배님."

이시환이 살아 있는 화석인 고학번 선배들에게 양해를 구했다.

설명을 들은 선배들은 최치우를 다시 봤다.

"오, 그래? 1학년 에이스라고 지만 알 줄 알았는데 아닌가 보네."

"치우, 그런 애 아닙니다. 완전 이타적이고 어린데도 리더십이 장난 아니고··· 아무튼 그렇습니다."

"이시환 너, 과대라는 놈이 완전 신입생 빠돌이 다 됐다?"

"생명의 은인인데 당연한 것 아니겠습니까? 하하하!"

이시환이 최치우 칭찬을 연발하다 넉살 좋게 웃었다.

평소 인망이 두터웠기에 그의 말은 에너지자원공학과에 큰 영향을 끼친다.

최치우는 2학기 개강을 하자마자 고학번 선배들에게 강렬한 인상을 심어줬다.

이시환을 자기 사람으로 만들었기에 나타나는 부수적인 효과였다.

"시환이 형, 선배님들, 김도현 교수님께 드릴 말씀이 있어서 잠깐 다녀오겠습니다."

"그래그래, 이따 강의실에서 보자!"

최치우는 적당히 재회의 자리를 정리하고 걸음을 옮겼다.

그는 사흘 전 전화를 걸어 김도현 교수와의 약속을 잡았다.

연구실에 도착하자 조교가 최치우를 반겨줬다.

대학원생인 조교도 같은 F.E 멤버이기에 최치우의 활약을 두 눈으로 지켜봤다.

"치우야, 안 그래도 교수님께서 기다리고 계신다."

"네, 안으로 들어갈게요."

이제 거의 한 식구가 되다 보니 복잡한 절차가 필요 없었다.

최치우는 연구실 내부에 있는 김도현 교수의 개인 집무실 문을 두드렸다.

똑똑.

"교수님, 최치우입니다."

"들어와요!"

김도현 교수의 목소리 톤이 평상시보다 높았다.

독도 탐사 이후 오랜만에 만나는 것이었기에 최치우를 꽤나 반가워하는 것 같았다.

"방학은 잘 보내고 온 거겠죠?"

"덕분에 보람차게 보냈습니다."

"독도를 다녀온 후 계속 치우 군 생각이 머리에서 떠나지 않았어요. 내가 어쩌면 괜한 말을 한 건 아닐까 싶기도 했고요."

김도현 교수는 최치우가 동해에 빠지는 사건이 일어난 다음 둘이서 나눈 대화를 언급했다.

그는 최치우를 자신의 조부인 고고학자 김도훈과 비교하며 평범한 사람이 아닌 것 같다고 했다.

더불어 세계의 신비를 밝혀주는 존재가 되길 바란다는 기대 감도 숨기지 않았다.

공대 교수가 초현실적인 믿음을 가졌다는 걸 알렸으니 김도 현 교수도 모험을 한 셈이다.

만약 최치우가 말이라도 흘리고 다니면 그의 명예는 실추될 수밖에 없다.

하지만 당연하게도 최치우는 김도현 교수와의 대화를 누구 에게도 전하지 않았다.

"교수님, 그때 교수님께서 해주신 말씀……. 저도 깊이 생각 해 봤습니다."

"그랬나요?"

김도현 교수의 동공이 커졌다.

그는 먼저 기대를 드러내며 손을 내밀었다.

이제 최치우가 답을 할 차례였다.

"제가 평범한 사람인지 아닌지보다 중요한 건 어떤 꿈을 꾸 고 무슨 일을 하느냐는 것입니다. 특별한 능력을 가지고도 평범하게 사는 사람이 있고, 반대로 원대한 꿈에 인생을 던져 기적을 만드는 사람이 있습니다."

"맞아요, 치우 군. 어떤 사람인가보다 중요한 것은 무엇을 하는 사람인가이겠지요."

"그래서 교수님께 말씀드리고 싶습니다. 저는 1년 안에 독도에 묻힌 메탄 하이드레이트의 실물 채취를 성공시키려 합니다."

"……!"

김도현 교수는 가타부타 말을 하지 않았다.

놀란 표정으로 안경을 올리며 최치우를 쳐다볼 뿐이다.

다른 학생이 이런 말을 했다면 귀담아듣지도 않았을 것이다.

그러나 김도현 교수는 최치우가 가진 잠재력을 누구보다 먼저 감지한 장본인이다.

그는 이해하지 못할 설렘이 심장을 두드리는 걸 느끼며 잠자코 앉아 있었다.

"한영그룹의 임동혁 본부장으로부터 30억 투자를 받았습니다."

"한영그룹에서 30억을요? 그것도 치우 군에게?"

"조건은 하나입니다. 겨울이 끝나기 전에 해저의 메탄 하이드레이트를 채취할 수 있는 핵심 기술을 가져오는 것."

"하지만 이제까지 해저에 묻힌 하이드레이트를 채취하는 데 성공한 국가는 미국과 일본밖에 없……!"

김도현 교수는 뭔가 느낌이 온 듯 말을 멈췄다.

그는 설마 하는 표정을 지었다.

하지만 언제나 설마가 사람 잡는 법이다.

최치우는 미소를 지으며 고개를 끄덕였다.

"30억은 모두 미끼로 쓸 겁니다. 교류 학회와 연구비 지원을 명목으로 도쿄대 지구자원학과에 30억을 다 퍼주겠다고 하면 그쪽에서 마다할 이유가 없습니다."

"그렇지요. 요즘처럼 연구비 투자가 마른 현실에서… 게다가 우리 서울대가 고개를 낮추고 들어가면 도쿄대의 자존심도 세워주는 격이 되겠네요."

"도쿄대 지구자원학과는 해저 시추 핵심 기술뿐 아니라 다양한 기밀 자료를 보유하고 있는 걸로 유명합니다. 그들의 보물 창고를 털겠습니다."

"하지만 그건……"

"일본입니다, 교수님. 우리는 그들에게 무슨 짓을 해도 괜찮습니다. 그들이 진심으로 사과하기 전까지는."

"설령 그렇다고 해도 방법이 있나요? 무슨 수로 도쿄대 지구자원학과의 기밀 자료를 가져올 수 있겠어요?"

"그건 제가 알아서 하겠습니다. 파도가 몰아치는 동해 바다에서 살아 돌아오는 것보단 쉬울 겁니다."

최치우는 간접적으로 자신에게 특별한 능력이 있음을 인정했다.

유일하게 조금이라도 눈치를 챈 김도현 교수를 통하지 않고

서는 일을 진행할 수 없기 때문이다.

어차피 김도현 교수가 먼저 마음을 열며 다가왔기에 큰 부담이 없었다.

"이건 정말… 역대급 프로젝트가 되겠네요."

"함께해 주십시오, 교수님."

"운명이란 게 이래서 무서운 건가 봐요. 미국에서부터 고민하며 미래 에너지 탐사대를 만들었는데, 치우 군을 위해 한발 앞서 준비한 셈이 되었군요."

최치우는 김도현 교수가 생각을 정리할 시간을 줬다.

재촉한다고 해서 될 일이 아니었다.

답은 김도현 교수의 마음 안에 있다.

"내가 말했죠? 평생의 꿈이 있다면 과학으로는 설명할 수 없는 미스터리를 발견해 인류를 구하는 거라고. 그 역할을 치우 군이 할 수 있을지도 모른다는 기대감이 들었다고요. 물론 이렇게 빨리 응답을 받을 줄은 몰랐지만."

"도와주시는 겁니까?"

"내겐 다른 선택지가 없네요. 이 제안을 거절하고 평생을 후회하며 살아갈 자신이 없어요."

"교수님, 감사합니다!"

천군만마를 얻어도 이보다 기쁘진 않을 것이다.

최치우는 김도현 교수를 얻은 것으로 팔부 능선을 넘었다고 생각했다.

"섣부른 예측인지 모르지만 치우 군은 정말 우리 할아버지를 능가하는 사람이 될지도 모르겠네요."

"아직은 비교되는 것조차 부담스럽습니다."

최치우는 겸손하게 말했지만, 언젠가는 고고학자 김도훈의 아성을 넘어서고 싶었다.

그가 과거의 유물을 발견했다면 자신은 미래의 자원을 발견할 것이다.

스무 살 최치우는 벌써 전설로 남은 거인과 보이지 않는 경쟁을 시작했다.

"공식적으로 치우 군은 미래 에너지 탐사대의 막내지만, 나와 있을 때는 뭐든 편하게 말하며 주도적으로 프로젝트를 끌어가도록 해요. 우선 학과장님을 통해 도쿄대 지구자원학과와 접촉하는 게 순서겠지요?"

"빠르면 빠를수록 좋습니다."

"겨울이 끝나기 전에 해결하려면 한시가 급하네요. 알겠어요. 오늘 학과장님을 뵙도록 하지요."

김도현 교수는 어딘지 모르게 신이 나 보였다.

그에게도 두 번 다시 없을 기회였다.

교수이자 학자로서의 생명을 걸어야 하지만, 지금이 아니면 평생 꿈만 꾸고 살 수도 있었다.

그렇기에 저도 모르게 소년처럼 들뜨는 것이다.

최치우는 김도현 교수와 실무적인 대화를 나누며 계획을 다듬었다.

기회는 잡는 것이 아니다.

기다리는 것은 더더욱 아니다.

자기 손으로 기회를 만드는 사람이 앞서갈 수밖에 없다.

최치우는 처음부터 끝까지 판을 짜며 기회를 만들고 있었다.

뿐만 아니라 함께하는 다른 사람들에게도 기회를 나눠주는 것이다.

동해의 파도보다 거칠게 최치우가 나아가고 있었다.

*   *   *

누구에게나 살면서 세 번의 기회가 찾아온다고 한다.

하지만 기회는 모든 상황이 다 갖춰진 상태에서 선물처럼 주어지지 않는다.

때로는 위험을 감수하며 올인해야만 그 기회를 잡을 수 있다.

우물쭈물하다간 기회를 놓치게 되고, 영영 아쉬워하며 살아가야 할지도 모른다.

김도현 교수는 최치우라는 기회를 향해 손을 뻗었다.

사실 그는 평탄한 인생을 보장받은 계층이다.

현상유지만 해도 서울대 교수이자 세계적인 학자로 존경받으며 살아갈 수 있었다.

그럼에도 불구하고 최치우라는 아직 검증되지 않은 위험한 원석의 손을 잡은 이유는 하나였다.

바로 꿈 때문이다.

아무리 대단한 학자라도 세월이 지나면 잊힌다.

역사에 족적을 남길 수 있는 사람은 소수 중에서도 극소수다.

김도현 교수는 자신의 할아버지인 고고학자 김도훈의 발치라도 따라가고 싶어 했다.

분야는 달라도 조부의 이름 앞에 뒤지지 않은 인물이 되고픈 게 평생의 소원이었다.

그러기 위해서는 남들은 절대 할 수 없는 일을 이뤄내야만 한다.

동해 바다에 빠졌다가 살아 돌아온, 볼 때마다 자신의 할아버지를 떠올리게 만드는 예측 불가능한 신입생 최치우.

그가 무슨 수를 썼는지 한영그룹의 후계자로부터 30억이라는 투자까지 받아 왔다.

그런데도 운명의 이끌림을 느끼지 못한다면 승부사가 아닐 것이다.

김도현 교수의 지원 아래 최치우의 계획은 일사천리로 실행됐다.

미래 에너지 탐사대 명의로 도쿄대 지구자원학과에 공문을 보냈고, 곧바로 답신을 받았다.

도쿄대 입장에선 손해 볼 게 없는 조건이었다.

서울대 공대에서 심혈을 기울여 키우고 있는 학내 조직인 F.E가 먼저 학술 교류를 요청한 것이다.

그것도 거액의 연구비를 제시하면서.

도쿄대의 자존심도 살리고 실리도 챙길 수 있는 달콤한 제안이었다.

꿩 먹고 알 먹는 게 가능한데 그들이 왜 망설이겠는가.

30억이란 돈은 결코 적은 액수가 아니다.

특히 요즘처럼 국제 경기 불황으로 R&D 투자가 축소된 상황에서는 더더욱 큰돈이다.

서울대 역시 전향적으로 나섰다.

따지고 보면 학교 측에서 딱히 도울 것도 없었다.

30억이라는 투자금을 자체적으로 해결했기에 밑져야 본전인 장사이다.

학교 자금을 한 푼도 들이지 않고 국제적 학술 교류를 하게 된 것이다.

학술 교류와 세미나 횟수는 국제 대학 평가에서 중요한 지표로 작용한다.

김도현 교수의 계획을 서울대 공대 학과장이 흔쾌히 받아들인 건 당연한 일이었다.

그리고 이 모든 일 뒤에는 최치우가 있었다.

이제 겨우 1학년 2학기를 맞이한 스무 살 신입생이 서울대 F.E와 도쿄대 지구자원학과의 학술 교류를 추진하고 성사시킨 주인공이라는 걸 누가 믿을 수 있을까.

진실을 아는 사람은 오직 김도현 교수밖에 없었다.

두 사람은 수면 아래에서 지속적으로 교류하며 손발을 맞춰

갔다.

남몰래 비현실적인 꿈을 키워온 중년의 교수와 무궁무진한 잠재력을 지닌 대학 신입생.

언뜻 봐선 도무지 어울리지 않는 콤비가 사고를 쳐도 제대로 칠 것 같았다.

$$*\qquad\qquad*\qquad\qquad*$$

타닥— 타다닥!

최치우는 진지한 얼굴로 키보드를 두드리고 있었다.

랩탑 컴퓨터를 책상에 올려놓고 집중하는 모습이 마치 컴공과 학생 같았다.

방 안에는 최치우 혼자만 있지 않았다.

김도현 교수도 심각한 얼굴로 최치우를 지켜보는 중이다.

랩탑 모니터 화면에는 알아보기 힘든 프로그래밍 언어가 나열돼 있었다.

보통 사람은 쳐다보는 것만으로도 머리가 복잡해질지 모른다.

하지만 최치우는 능숙하게 프로그래밍 언어를 다루고 있었다.

그는 고3 내내 매일 시간을 내서 구글링을 하며 현대의 컴퓨터 프로그래밍을 공부했다.

바로 지난 환생에서 로봇 엔지니어로 살았던 경험을 살려내기 위해서였다.

과학이라고 해서 다 똑같은 분야가 아니다.

화학과 공학이 다르고, 그 안에서도 세부적으로 파고들어가면 다양성이 끝이 없다.

그렇기 때문에 전투 로봇 엔지니어였다고 해서 곧바로 지구의 현대 과학에 능통해지는 건 아니다.

1년 하고도 절반이 넘는 시간 동안 최치우는 그 간극을 채우기 위해 노력했다.

그는 인터넷에 넘치는 프로그래밍 소스와 전문 지식을 흡수해 자신만의 스타일을 만들었다.

난이도 자체만 놓고 보면 로봇에 생명을 불어넣는 것보다 훨씬 쉬웠다.

철 지난 유행어지만 에너지자원공학을 전공하면서 컴공과의 누구보다 뛰어난 해커가 된 것이다.

세계적인 해커들이 대부분 비전공자였다는 걸 생각하면 마냥 신기한 일도 아니었다.

"방금 막 3분이 지나갔어요, 치우 군."

김도현 교수가 타임 키핑을 해줬다.

최치우는 제한된 시간 안에 방화벽을 뚫는 연습을 하고 있었다.

"체크 메이트."

곧이어 최치우가 키보드에서 손을 뗐다.

랩탑 모니터에는 서울대 학생들의 학사 자료가 주르륵 떠올라 있는 상태였다.

김도현 교수는 직접 보고도 믿기 힘든지 안경을 벗었다.

"이건 정말… 놀라운 일이네요. 치우 군 때문에 놀랄 일이 한두 가지가 아니지만."

최치우는 3분 안에 서울대학교 행정실을 해킹한 것이다.

간발의 차로 3분을 넘기긴 했지만 미션은 완벽하게 성공했다.

정작 해킹을 당한 행정실에서는 학사 자료가 노출됐는지 알지도 못하고 있었다.

단순 해킹은 간단하다.

그러나 해킹을 당한 쪽에서 사실을 인지하지 못하게 만들려면 일이 몇 배는 더 어려워진다.

삐빅!

최치우는 화면을 끄면서 고개를 돌렸다.

어차피 연습 삼아 해킹한 것이기에 굳이 학사 자료를 복사할 필요는 없었다.

"기분이 이상하네요, 교수님."

"3분보다 몇 초 늦어서 그래요?"

"그게 아니라… 교수님과 함께 학교 사이트를 해킹했다는 게 재밌어서요."

최치우가 미소를 지었다.

김도현 교수는 혀를 내두를 수밖에 없었다.

서울대에서 월급을 받는 교수인데 학생이 해킹하는 걸 지켜보며 독려했기 때문이다.

"그러네요. 서울대 연구실에서 서울대 자료를 해킹하다
니……."

물론 특별한 이유가 있었고, 장차 서울대에 크게 도움이 될
프로젝트의 일환이다.

그래도 아이러니한 건 어쩔 수 없었다.

그만큼 최치우와 김도현이 서로를 신뢰하며 모험을 하고 있
다는 뜻이다.

서로를 마주 보며 웃은 둘은 화제를 돌렸다.

"치우 군의 실력은 잘 알겠지만, 도쿄대 지구자원학과의 보안
은 훨씬 더 철저하겠지요."

"그럴 겁니다. 가능한 최악의 시나리오를 상상하고 준비해야
죠."

"시간이 많지는 않아요. 1주일 뒤에 출국이고, 우리나라가 아
닌 일본에서는 여러 제약이 따를 거예요."

"임동혁 본부장과 30억짜리 내기를 했습니다. 상황이 아무
리 어려워도 절대 질 수는 없습니다."

"좋아요. 도쿄에서의 학회를 위해 특별히 부탁할 게 또 있다
고 했지요?"

"네, 교수님. 두 사람을 중용해야 합니다. 한 명은 교수님도
잘 아는 우리 멤버이고, 나머지 한 명은 완전히 새로운 인물입
니다."

김도현 교수는 감이 잡히는 듯 고개를 끄덕이며 말했다.

그와 최치우는 어느 정도 이심전심, 뜻이 통하는 사이로 발전하고 있었다.

"우리 멤버라면 과대인 이시환 학생이겠지요?"

"맞습니다. 시환이 형이 학회에서 미래 에너지 탐사대 대표로 발표를 하면서 주의를 끌어야 합니다."

"시환 학생에게 모든 내막을 말해줄 건가요?"

"아직은 시기상조입니다. 그랬다간 형이 부담을 느낄 거 같아요. 필요한 만큼 적당히 주문하겠습니다."

"그래요, 그 부분은 치우 군에게 일임하지요. 그럼 나머지 한 사람은 누구인가요?"

"리키 김이라고 하는 친구입니다. 흑인 혼혈이지만 한국어 의사소통이 원활합니다."

"그 친구는 왜? 그리고 치우 군과는 어떤 관계이지요?"

"만일의 사태를 대비한 비장의 카드입니다. 저와는, 음, 자기 마음대로 저를 사부라고 부르는데 그냥 친구 하기로 했습니다."

김도현 교수가 고개를 갸우뚱거렸다.

최치우를 사부라고 부르는 혼혈인의 존재가 색달랐기 때문이다.

어쨌든 최치우는 자석처럼 사람들을 빨아들이며 작은 군단을 갖추기 시작했다.

미래 에너지 탐사대는 사실상 최치우 군단으로 변모하고 있었다.

1주일 뒤, 도쿄에서 재밌는 일들이 연달아 발생할 것 같았다.

*　　　　*　　　　*

"와우, 싸부! 나 일본은 퍼스트 타임입니다. 완전 신나! YO—!"

리키가 들뜬 얼굴로 휘파람을 불었다.

최치우 옆에 앉은 그는 사람들의 시선을 끌었다.

찢어진 청바지에 헐렁한 셔츠, 레게 머리를 한 흑인 혼혈은 이목을 집중시킬 수밖에 없다.

심지어 동행하는 미래 에너지 탐사대 멤버들도 리키를 신기해했다.

"아침 비행기라 다들 피곤하니까 조용히 갑시다. 오케이?"

최치우가 무뚝뚝하게 대답했다.

리키는 살짝 시무룩해졌지만 이내 고개를 좌우로 두리번거리며 공항을 구경했다.

그는 최치우의 생각대로 임동혁과는 다른 스타일의 미친놈이었다.

리키는 파이트 클럽에서 패배한 후 나한극을 배우기 위해 최치우를 다시 찾았고, 그 대가로 뭐든 하겠다고 약속했다.

리키가 싫지 않던 최치우는 삼청동 찻집에서 거래 아닌 거래를 맺었다.

나한극의 초식과 발동 원리를 가르쳐 주는 것쯤은 어렵지 않았다.

어차피 내공 운용과 금강나한권 전체에 대한 깨달음이 없으면 살상력을 내긴 힘들다.

물론 나한극 초식 하나를 전수받는 것만으로도 리키의 싸움 실력은 한 단계 업그레이드될 것이다.

이후 리키는 최치우를 사부라 부르며 자신만의 방식대로 존중을 표했다.

얼마 전까지 그는 한국 최고의 파이트 클럽 선수였기에 돈은 충분한 것 같았다.

그렇기에 일본에 가서 일을 도와달라는 최치우의 부탁도 기꺼이 받아들였다.

"둘이 너무 친한 거 아냐? 서운하게시리."

그때 이시환이 끼어들었다.

그는 리키라는 낯선 인물이 최치우 옆에 있는 것을 경계했다.

김도현 교수는 리키를 최치우의 친구이자 영어 통역 담당이라고 소개했다.

하지만 정상적인 통역과는 거리가 멀어 보였다.

게다가 미래 에너지 탐사대 멤버 대부분은 영어를 유창하게 구사하기에 통역이 필요하지도 않았다.

교수님의 말이니 다들 그냥 받아들였지만, 이상한 구석이 많았다.

"시환이 형, 형이 리키랑 좀 놀아줘. 이렇게 말이 많은 줄은 몰랐어."

"뭐? 내가 왜?"

"두 사람, 은근히 잘 어울릴 거 같은데."

"너, 생명의 은인이라고 그렇게 막말하는 거 아니다."

"그러지 말고 이야기라도 해봐. 어차피 일본에서 같이 움직여야 하는데 친해지면 좋잖아. 리키, 여긴 나랑 같이 학교 다니는 시환이 형."

최치우는 이시환을 반 강제로 리키 옆에 앉혀놓았다.

그리고는 김도현 교수에게 다가가 낮은 목소리로 이런저런 의논을 했다.

이시환은 별수 없이 리키의 수다를 받아냈다.

그런데 몇 마디 주고받다 보니 최치우의 말대로 코드가 맞는 느낌이 들었다.

최치우는 김도현 교수 옆에서 둘의 모습을 지켜보고 기분 좋은 웃음을 흘렸다.

한편, 도쿄로 같이 가는 대학원생 멤버들은 약속이라도 한 듯 랩탑을 꺼내 자료를 체크하고 있었다.

진지하게 학술 교류 준비에 임하는 것이다.

도쿄대라는 국제적 명문과 교류를 하는 건 대학원생들에게 큰 기회이기도 하다.

최치우의 손끝에서 시작된 풍경이 공항 라운지를 적시고 있었다.

판을 깔았으니 쥐고 흔들 일만 남았다.

곧 도쿄로 출발할 비행기처럼 최치우도 높이 날아오를 것 같았다.

4장

도쿄대의 심장을 노려라

미래 에너지 탐사대가 일본에 도착했다.

최치우는 태어나서 처음으로 비행기를 탔고, 외국에 발을 디뎠다.

그렇지만 특별히 설레지는 않았다.

여행을 온 게 아니라 비밀스러운 미션을 이루기 위해 바다를 건넜기 때문이다.

반면 F.E의 진짜 목적을 모르는 다른 멤버들은 약간 들떠 보였다.

도쿄대와의 학술 교류라는 큰 기회를 맞이한 대학원생 세 명도 상기된 표정이었다.

이시환과 리키는 말할 것도 없었다.

어느새 죽이 착착 잘 맞게 된 두 사람은 나리타공항에 내리자마자 사방을 두리번거리며 감탄사를 연발했다.

"와, 역시 듣던 대로 일본은 진짜 깨끗하다."

"시환, 룩 엣 댓! 라멘집, 맛있겠다."

"그만해. 리키 때문에 나도 배고파지잖아."

사실 공항의 시설과 청결도는 인천공항이 나리타공항보다 한 수 위다.

그럼에도 이시환은 마냥 탄성을 터뜨렸고, 리키는 라멘집과 카레집을 가리키며 입맛을 다셨다.

둘의 대화 내용만 듣고 있으면 만담을 하는 개그 콤비 같았다.

"다들 주목해 주세요. 우리 일정이 그렇게 여유롭지 않아요. 짐들 잘 챙겨서 공항 리무진로 이동한 다음 숙소에서 잠깐 휴식을 취하겠어요. 오후에는 도쿄대 지구자원학과와 첫 세미나를 가질 예정이고, 내일은 하루 종일 학술 교류가 있을 거예요."

"교수님, 혹시 자유 시간은 없나요?"

이시환이 용기를 내서 질문했다.

학구열로 똘똘 뭉친 대학원생들도 내심 가장 궁금해하던 내용이다.

김도현 교수는 옅은 미소를 지으며 대답했다.

"모레 오후 비행기니까 아침과 점심에 잠깐 시간을 줄 수 있을 것 같네요. 물론 상황을 봐야 하겠지만 우선은."

"네, 감사합니다!"

찰나의 자유 시간이라 해도 없는 것보다는 훨씬 낫다.

희망을 얻은 이시환의 얼굴이 환하게 퍼졌다.

학술 교류에 아무 관심이 없는 리키는 물론이고 대학원생들도 안심한 기색이다.

이윽고 미래 에너지 탐사대는 각자 캐리어를 들고 리무진에 탑승했다.

나리타공항에서 도쿄 시내의 숙소까지는 한 시간이 넘게 걸린다.

멤버들은 창밖으로 변하는 풍경을 쳐다보며 생각을 정리했다.

세미나에서 발표할 내용을 생각하는 멤버도 있고, 모레 자유 시간에 어디를 갈지 고민하는 멤버도 있었다.

반면 도쿄에서의 진짜 미션을 아는 최치우와 김도현 교수의 마음은 가볍지 않았다.

2박 3일의 학술 교류 일정은 꽤 타이트하게 짜여졌다.

오늘 오후 상견례를 시작으로 세미나가 열리면 외부로 빠져나가기 힘들다.

내일은 아침 일찍부터 저녁까지 학술 관련 행사가 이어진다.

결국 내일 안에 도쿄대 지구자원학과의 데이터베이스를 해킹해야 된다는 뜻이다.

모레 아침이 밝으면 손쓸 도리가 없다.

오늘과 내일 도쿄대 내부에서 행사를 진행할 때밖에 기회가 없다.

최치우는 학부생이고 미래 에너지 탐사대의 막내이기에 비교적 운신이 자유로울 것이다.

도쿄대에서도 굳이 최치우를 주목하고 관심을 기울이진 않을 확률이 높다.

김도현 교수와 대학원생들, 그리고 이시환이 주의를 끌어주면 최치우는 조용히 사라질 계획이다.

그래봤자 제대로 쓸 수 있는 시간은 얼마 되지 않는다.

최치우가 너무 오래 안 보이면 의심을 살 수 있었다.

'오늘이 중요하다.'

창밖을 바라보던 최치우는 머릿속으로 다시 한번 로드맵을 그렸다.

오늘 오후 도쿄대에서 필요한 정보를 최대한 많이 확보해야 한다.

그래야만 D—day인 내일 원활하게 기밀 장소에 침투해서 해킹을 할 수 있었다.

스윽—

최치우가 고개를 돌렸다.

다른 멤버들은 버스에서 뭘 하고 있는지 궁금해졌다.

'교수님.'

고개를 돌린 그가 김도현 교수와 눈이 마주쳤다.

김도현 교수 역시 최치우처럼 복잡한 생각으로 편하지 않을 터졌다.

도쿄대에서의 미션은 대학 교수이자 학자로서의 연구 윤리를 위반하는 일이다.

만약 발각이라도 된다면 김도현 교수의 국제적 명성은 쓰레기통에 처박힐지 모른다.

그럼에도 불구하고 김도현 교수는 결단을 내렸다.

평생 간직해 온 꿈을 위해, 그리고 인류의 새로운 가능성과 대한민국의 미래를 위하여.

'꼭 해낼 겁니다.'

'반드시 해내야만 해요, 치우 군.'

최치우와 김도현 교수는 서로를 바라보며 무언의 대화를 나눴다.

주사위는 이미 던져졌다.

돌이킬 수 있는 방법은 없다.

두 사람은 같은 버스가 아닌, 같은 운명의 열차에 올라탄 채 도쿄대로 나아가고 있었다.

*　　　　*　　　　*

"독도, 독도에서도 탐사를 한 결과 국내의 제반 환경이 기대 이상으로 갖춰져 있음을 확인했습니다."

이시환은 굳이 독도라는 글자를 힘주어 말했다.

도쿄대 지구자원학과와 인사를 마친 미래 에너지 탐사대는 첫 번째 세미나를 진행하는 중이다.

숙소에 짐을 풀고 난 후 식사를 하는 과정은 쏜살같이 지나 갔다.

최치우는 지구자원학과 교수진과 학생들의 얼굴 표정을 살 펴봤다.

독도 영유권 문제는 아주 민감한 이슈이다.

그러나 미래 에너지 탐사대의 연구 성과를 발표하기 위해서 는 독도를 언급할 수밖에 없었다.

'포커페이스, 역시.'

최치우는 남몰래 고개를 끄덕였다.

통역은 독도를 다케시마라고 번역하지 않았다.

이시환의 말을 원문에 가깝게 옮겼다.

그럼에도 불구하고 도쿄대 지구자원학과 교수진과 학생들은 불쾌한 표정을 짓지 않았다.

독도 문제에 크게 관심이 없어서일 수도 있고, 일본인답게 외 부로 드러나는 감정 조절을 잘하기 때문일 수도 있었다.

어쨌거나 만만히 볼 보통내기들은 아닌 것 같았다.

짝짝짝짝짝!

이시환의 발표가 끝나자 박수가 터져 나왔다.

물론 의례적인 박수였다.

곧이어 지구자원학과의 학부생이 세미나실 앞으로 걸어 나 갔다.

첫날 상견례에 이은 세미나는 이를테면 탐색전이다.

서울대 에너지자원공학과와 도쿄대 지구자원학과의 막내에 해당하는 학부생이 그간의 연구 성과를 발표한다.

F.E의 막내는 최치우지만 이 자리가 신입생이 나설 수 있는 자리는 아니었다.

어차피 다른 목적을 가지고 있는 최치우는 기회가 주어져도 발표할 생각이 없었다.

"하지메마시떼."

깍듯하게 90도로 허리를 숙이며 인사한 도쿄대 학생이 발표를 시작했다.

꼼꼼하게 준비한 PPT 화면을 띄우고 또박또박 말하는 모습이 인상적이다.

잠깐 발표를 지켜보던 최치우는 시선을 돌려 장내 분위기를 파악했다.

영어 통역이라는 직함을 달고 따라온 리키는 지루해 죽겠다는 얼굴이다.

그러나 리키를 제외한 다른 참석자들은 사뭇 진지해 보였다.

미래 에너지 탐사대 멤버들, 그리고 도쿄대 지구자원학과 학생들과 교수들은 발표자에게서 눈을 떼지 않았다.

학부생의 발표는 모두 익히 아는 기본적인 내용이다.

하지만 쟁쟁한 교수들까지 집중하는 모습에서 도쿄대의 저력을 짐작할 수 있었다.

'맨 앞에 앉은 사람이 지구자원학과 수석 교수 야마시타 히

로시. 메탄 하이드레이트의 해저 시추를 가능케 한 핵심 기술과 극비 기밀 자료들을 관리하는 키맨이다.'

야마시타 히로시 교수는 전형적인 일본의 학자처럼 생겼다.

절반 정도가 하얗게 변한 머리, 무테안경, 마른 체구에 매사 진지하고 조용한 태도까지.

이따금 노벨상을 수상하며 세계의 주목을 받는 일본 학자들은 대부분 야마시타 교수 같은 스타일이었다.

'개인적인 유감은 없습니다. 도쿄대에서 가지고 있어도 활용할 수 없는 기술을… 인류를 위해 나눈다고 생각해 주시기를.'

최치우는 야마시타 교수의 옆얼굴을 쳐다보며 마음속으로 들리지 않을 말을 전했다.

일본은 메탄 하이드레이트를 시추할 수 있는 핵심 기술을 갖고 있지만 정작 자원이 없다.

그렇기에 호시탐탐 독도를 노리며 끈질기게 들러붙는 것이다.

반면 한국은 빠진 연결고리인 핵심 기술만 확보하면 당장이라도 자원 개발을 시작할 수 있다.

최치우는 연구자로서는 부정한 방법이지만 자신만의 길을 뚫기로 결심했다.

학자가 되느냐, 아니면 정글의 맹수가 되느냐.

답은 당연히 후자일 수밖에 없다.

국제사회라는 전쟁터에서 그는 비정한 장수가 되어 미래 에너지 탐사대와 대한민국을 이끌 것이다.

'야마시타 교수가 들고 다니는 랩탑, 그리고 수석 교수 연구실. 두 가지 루트 중 어디가 나을까.'

최치우는 도쿄대 학부생의 발표에는 신경을 껐다.

오늘 주어진 탐색의 시간을 허무하게 흘려보낼 수는 없었다.

지구자원학과의 극비 데이터는 철저하게 관리되고 있지만 허점이 없지는 않았다.

도쿄대는 그들의 안방이기에 여기서 누가 감히 자료를 탐낼 거라는 생각을 하기 힘들 것이다.

최치우는 사전에 두 가지 가능성이 있음을 파악했다.

첫 번째는 야마시타 교수가 항상 들고 다니는 랩탑 컴퓨터이다.

그의 랩탑을 사용할 수 있다면 더 바랄 게 없다.

평소 야마시타 교수가 접속하던 데이터 저장고에 들어가 모조리 카피해 낼 수 있다.

두 번째는 수석 교수 연구실에 잠입하는 것이다.

연구실에서 야마시타 교수가 사용하는 컴퓨터를 해킹하면 된다.

둘 다 어렵기는 마찬가지였다.

사실 불가능한 미션이라고 해도 과언이 아니다.

한국에서 온 학술 교류단의 막내가 무슨 수로 도쿄대 수석 연구 교수의 랩탑을 쓸 수 있겠는가.

연구실에 들어가 PC를 사용하는 것은 더더욱 말이 안 된다.

하지만 어렵다고 포기할 거라면 일본까지 오지도 말았어야 한다.

최치우는 어떻게든 방법을 만들 것이다.

안 되면 되게 하라.

그는 차원을 막론하고 통용되는 격언을 곱씹으며 머리를 굴렸다.

'이것저것 재면서 안전한 방법을 찾으려 하면 답이 없다. 일단 부딪치고 혼란스러운 분위기를 만들면 빈틈은 생기게 돼 있어.'

실패하게 되면 따라올 대가가 어마어마하겠지만 최치우는 겁먹지 않았다.

두려워하는 순간 게임은 끝날 것이다.

무모한 미션일수록 과감하게 덤벼들어야 한다.

최치우는 파도처럼 밀려드는 수만 명의 대군과도 맞서 싸운 기억을 갖고 있다.

탐색은 끝났다.

서울대와 도쿄대는 학부생의 발표를 통해 서로의 연구 역량을 탐색했다.

같은 장소에서 최치우는 어떤 방식으로 도쿄대 지구자원학과의 심장을 뺏어 올지 탐색을 마쳤다.

'연구실에 들어가 야마시타 교수의 PC를 해킹한다. 이게 최선이야.'

최치우는 정공법을 선택했다.

랩탑을 이용하는 게 아니라 수석 교수 연구실에 들어가는 쪽이 낫다고 판단한 것이다.

'무식하게 가자. 진짜 무식하게. 내일 오전 마지막 세션에서 시환이 형에게 시간을 끌게 하고… 연달아 리키가 사고를 친다. 그 틈에 30분 정도를 만들어 연구실에서 승부를 봐야겠군.'

결정을 내리자 세부적인 계획이 그림처럼 그려졌다.

죽고 죽이는 싸움은 아니지만, 전투에 앞서 전략을 짜는 것과 비슷한 느낌이다.

전쟁터는 언제나 변화무쌍하기에 순간적인 판단을 빨리 내려야 한다.

생사가 오가는 고비의 현장을 숱하게 경험한 게 도움이 되고 있었다.

바로 내일, 최치우의 미션에 따라 많은 게 달라질 것이다.

한국 최고의 명문 서울대가 국제적인 망신을 당하게 될지, 아니면 도쿄대 지구자원학과가 아무도 모르게 심장이나 다름없는 자료를 빼앗기게 될지.

째깍, 째깍, 째깍.

세미나실 벽에 걸린 시곗바늘이 평소처럼 움직이고 있다.

최치우는 무표정한 얼굴로 시간을 확인했다.

앞으로 20시간 안에 독도의 메탄 하이드레이트를 채취하기 위한 팔부 능선을 공략하게 될 것이다.

전투를 앞뒀을 때처럼 최치우의 심장이 기분 좋게 뛰고 있었다.

*   *   *

이시환에게 주어진 미션은 딱 하나였다.

끝없이 질문을 해라.

무의미한 것도 좋고 말꼬리를 물고 늘어지는 것도 좋으니 질문을 계속하라는 것이다.

김도현 교수로부터 지시를 받은 이시환은 어리둥절할 수밖에 없었다.

두번째 날 이뤄지는 오전 세미나는 점심시간에 맞춰서 끝날 예정이다.

그런데 김도현 교수는 다짜고짜 질문 폭탄을 던져서 점심시간 너머까지 세미나가 안 끝나게 만들라고 했다.

당최 이유를 짐작할 수 없는 임무였다.

그러나 이시환은 알았다고 고개를 끄덕였다.

바로 이게 이시환의 최대 장점이었다.

그는 자신이 믿는 사람이 지시를 내리거나 부탁을 하면 길게 고민하지 않았다.

생각이 짧은 것은 결코 아니다.

다만 유쾌하고 쾌활한 성격을 타고난 사람들이 그렇듯 사안을 단순하게 판단할 줄 아는 것이다.

이시환의 입장에서 김도현 교수는 좋은 사람, 무조건 믿고 따라도 되는 사람이었다.

그런 사람이 내린 지시라면 뭔지 알지 못하더라도 일단 하고 본다.

이유는 나중에라도 알게 될 테니 지금 조급해할 필요는 없었다.

최치우는 이시환이 이런 사고방식의 소유자라는 걸 알고 있었다.

그의 성향이 마음에 들었기에 빨리 친해지는 게 가능했다.

독도에서 이시환의 생명을 구해주지 않았더라도 둘은 금방 가까워졌을 것이다.

"남미의 광산은 아직 개발은 물론이고 탐사도 제대로 안 된 곳이 많습니다. 당장 활용 가능한 광물 외에도 현대 과학으로 측정이 불가능한 자원도 많이 묻혀 있다고 하는데, 이에 관해서는 어떻게 생각하십니까?"

이시환이 손을 번쩍 들고 세 번째 질문을 던졌다.

그는 맡은 역할을 충실히 수행하고 있었다.

시곗바늘은 12시 정각에 거의 도달했다.

곧 점심시간이지만 이시환 탓에 질문 시간이 길어지는 중이다.

김도현 교수의 지시 사항을 모르는 F.E의 대학원생 멤버들은 난감한 표정을 짓고 있었다.

학부생 동생이 민폐를 끼친다고 여긴 것이다.

그들은 김도현 교수가 나서서 이시환을 만류해 주길 바랐다.

하지만 아무리 눈치를 봐도 김도현 교수는 느긋하게 앉아 있을 따름이다.

"에… 라틴 아메리카노……."

질문을 받은 지구자원학과 교수가 난감한 표정을 지었다.

이시환이 쏟아내는 질문은 하나같이 짧게 답변하기 어려운 것들이었다.

학부생이나 대학원생이 아니라 교수가 직접 나서서 길게 설명을 해야만 하는 주제였다.

오전 세미나를 주관하던 교수가 수석 교수인 야마시타 히로시의 눈치를 봤다.

야마시타 교수는 별다른 표정 변화 없이 살짝 고개를 끄덕였다.

질문이 아무리 많이 쏟아져도 다 대답을 해주라는 뜻이다.

도쿄대 입장에서 서울대 F.E는 무려 30억 원의 연구비를 지원해 주는 소중한 고객이다.

학술 교류의 파트너지만, 실상을 따지고 들어가면 공돈을 갖다 바치러 온 사람들이다.

당연히 특별대우를 해줄 수밖에 없었다.

게다가 일본인들은 원래 남 앞에서 싫은 내색을 잘 하지 못

한다.

만약 미국 대학과의 세미나에서 누군가 질문을 거듭하며 시간을 넘기면 교수가 적당히 끊었을 가능성이 높다.

그러나 일본 특유의 속성 때문에 이시환의 시간 끌기는 잘 먹히고 있었다.

세미나실 분위기는 점점 루즈해졌지만, 이것도 최치우가 바라던 바다.

스으윽—

구석 자리에 앉아 있던 최치우가 물 흐르듯 자연스레 일어났다.

아무도 그에게 신경을 기울이지 않았다.

어제부터 존재감을 죽이기 위해 최선의 노력을 다해온 결과였다.

그는 화장실을 가는 듯 세미나실에서 조용히 빠져나왔다.

지구자원학과의 주요 인력과 야마시타 교수는 계속 세미나실에 묶여 있을 수밖에 없었다.

이시환의 질문이 끝나도 시간이 늦어진 만큼 곧장 F.E와 함께 학교 식당으로 갈 것이다.

야마시타 교수의 연구실은 텅 비어 있을 수도 있다.

점심시간에 연구실을 지키는 것은 끽해야 조교 몇 명이 전부일 것이다.

물론 보안 장치가 되어 있겠지만, 무엇도 최치우를 막을 수는 없었다.

'시환이 형, 그리고 리키가 잘해주겠지.'

최치우는 둘의 얼굴을 떠올리며 미소를 지었다.

이시환과 리키 김.

하루 사이에 절친이 된 듯한 두 사람은 각각 다른 방식으로 사고를 쳐야 한다.

이시환이 세미나를 질질 끄는 역할이라면, 리키는 어마어마한 물리력을 이용해 도쿄대를 난장판으로 만들 것이다.

리키는 도쿄대 학생들로 북적거리는 식당에서 불특정 다수에게 시비를 걸 계획이다.

이상한 이유로 소란을 피우고, 학교 경비원들이 몰려들게 만든 다음 최대한 오래 제압당하지 않고 버틴다.

이게 리키에게 주어진 임무였다.

최치우가 등장하기 전까지 한국 파이트 클럽의 최강자였으며 UFC 챔피언을 때려눕힌 리키에게 딱 맞는 미션이었다.

경비원이 최소 열 명 이상은 모여야 겨우 리키를 제압할 수 있을 것이다.

누군가를 다치게 할 필요는 없었다.

리키도 이시환처럼 시간을 끄는 게 주목적이기 때문이다.

그렇기에 경비원에게 제압당한 다음에도 어렵지 않게 상황을 무마시킬 수 있을 것 같았다.

데이터를 빼낸 걸 들키지만 않으면 도쿄대 지구자원학과가 나서서 편의를 봐줄 것이다.

30억을 아낌없이 쓴, 그리고 앞으로도 얼마를 더 쓸지 모르는 고객을 배려하는 차원에서 말이다.

'저기다.'

최치우는 세미나실 건물 꼭대기 층에 위치한 수석 교수 연구실을 찾아냈다.

긴 복도 끝에 굳게 닫힌 문이 보였다.

다행인 건 같은 층 다른 연구실들의 문도 닫혀 있다는 사실이다.

'다들 점심 먹으러 간 모양이군. 사람들의 시선은 걱정하지 않아도 되지만… CCTV를 해결해야지.'

요즘은 사람의 눈보다 CCTV가 더 무섭다.

복도 천장에는 작은 CCTV가 네 개나 설치돼 있었다.

최치우가 꼭대기 층으로 올라오는 과정도 CCTV에 다 찍혔을 것이다.

'우선 급한 불, 아니, 급한 CCTV부터 끄고, 데이터 카피하는 김에 전산실까지 뚫어야겠다.'

그는 웬만한 해커는 엄두도 못 낼 어마어마한 일을 식은 죽먹기처럼 생각했다.

지구자원학과의 기밀 데이터를 유출하면서 전산실까지 해킹해 CCTV를 지워 버리겠다는 뜻이다.

아무리 날고 기는 로봇 엔지니어였지만, 그렇게 쉽게 해킹을 할 수 있을까.

최치우는 스스로를 의심하지 않았다.

그는 김도현 교수가 보는 앞에서 서울대 전산실을 3분 만에 털어버리며 능력을 입증했다.

세간의 상식으로 최치우를 재단하면 안 된다.

"일루전(Illusion)."

6서클 마법이 캐스팅됐다.

동해에서 깨달음을 얻으며 단번에 경지를 높인 덕을 톡톡히 볼 것 같았다.

샤라라라라—

마나가 출렁이며 복도를 휘감기 시작했다.

일루전은 공간을 지배하며 환상을 일으키는 마법이다.

짧은 순간이라도 일정 공간의 시각적 이미지를 완전히 컨트롤할 수 있다.

지속 시간과 공간의 범위에 따라 마나 소모량이 달라진다.

CCTV 넉 대가 커버하는 복도의 이미지를 완전히 바꾸는 건 쉬운 일이 아니었다.

'5초!'

최치우는 5초의 시간을 벌기 위해 6서클 일루전을 펼친 것이다.

중간에 다른 방에서 누가 튀어나오지 않는다면 5초 만에 목적을 달성할 수 있다.

마음 같아선 기력을 날려 CCTV를 부수고 싶지만 그러면 흔적이 남는다.

그렇기에 어려운 방법을 쓸 수밖에 없었다.

타악!

일루전이 복도의 이미지를 왜곡하자마자 최치우는 몸을 날렸다.

마법이 발현되는 5초 동안 CCTV에는 아무것도 찍히지 않을 것이다.

그저 텅 빈 복도의 이미지만 남을 뿐이다.

휘이이익!

땅을 박찬 최치우의 몸이 화살처럼 앞으로 쏘아졌다.

궁신탄영(弓身彈影)이라는 경공 절기가 공간을 도약하게 만들었다.

튀어져 나간 최치우의 몸은 불과 2초 만에 수석 교수 연구실의 문에 다다랐다.

남은 시간은 3초.

지금처럼 격렬하게 움직이며 일루전을 오래 지속시키는 건 무리다.

3초가 지나면 마법이 걷히고 CCTV에 최치우가 찍히게 될 터였다.

딸칵ㅡ

연구실 문은 안쪽에서 잠겨 있었다.

다행히 현관문에는 특별한 보안 설비가 없었다.

도쿄대 안방이기에 보안에 크게 신경 쓰지 않은 것일 수도 있었다.

'문 고장쯤은 문제없겠지.'

최치우는 빠르게 판단을 마치고 문고리를 잡은 손에 힘을 줬다.

우드득!

문고리의 잠금장치가 부서지는 소리가 울렸다.

이제 막 4초가 지났다.

최치우는 헐거워진 문고리를 돌리고 야마시타 수석 교수의 연구실 문을 열었다.

끼이익— 타악!

'5초, 세이프.'

연구실에 들어온 최치우는 미소를 지었다.

복도에 펼쳐둔 일루전 마법의 효과는 사라졌을 것이다.

"나, 난데스까?"

진입해 성공했으니 제압을 할 차례이다.

문을 잠가놓은 연구실 안에 조교 한 명이 남아 있었다.

다들 점심을 먹으러 갔는데 혼자 남아 다른 일을 하는 중인 것 같았다.

"스미마셍."

최치우는 미안하다는 말을 전하며 몸을 날렸다.

조교가 증언을 하게 되면 일이 복잡해진다.

그러나 일단 연구실에 진입한 이상 이것저것 가릴 겨를이 없었다.

푸우욱!

그는 전광석화처럼 달려들어 조교의 혈도를 짚었다.

점심도 거르고 연구실을 지키던 조교는 입을 한껏 벌린 채

그대로 기절했다.

마혈(痲穴)을 강하게 눌렀기에 30분 정도는 얌전히 기절해 있을 것이다.

최치우는 그가 깨어난 뒤를 크게 고민하지 않았다.

해킹에 성공하면 CCTV 데이터를 다 지울 수 있고, 기밀 자료를 카피한 흔적도 남지 않는다.

유일한 흔적은 부서진 연구실 문고리밖에 없다.

그것만으로 최치우를 몰아붙이긴 힘들다.

조교가 최치우의 침입을 증언해도 헛것을 본 취급을 당하기 쉽다.

석연치 않아 의심스럽더라도 증거가 없는 것이다.

'저쪽이 야마시타 교수의 집무실이군.'

수석 교수 연구실은 무척 넓었다.

공간을 아껴 쓰는 일본 스타일과는 달랐다.

도쿄대 안에서 야마시타 교수의 위상을 알 수 있는 대목이다.

최치우는 그의 집무실로 들어섰다.

집무실에는 야마시타 교수가 사용하는 데스크탑 PC가 설치돼 있었다.

'바로 시작한다.'

최치우는 야마시타 교수의 의자에 앉아 PC를 켰다.

컴퓨터 전원이 들어오는 시간마저 아깝게 느껴졌다.

대학교 안이니만큼 시설 보안은 허술하지만, 내부 전산망 보안은 간단하지 않을 것이다.

특히 지구자원학과의 핵심 기술과 극비 자료는 이중삼중의 시스템으로 보호되고 있을 게 분명했다.

3분 안에 서울대학교 행정실을 해킹한 것과는 레벨이 다른 미션이다.

'빠르면 10분, 최대 20분이 한계야. 안전하게 빠져나가려면 반드시 20분 안에 끝내야 해.'

최치우는 PC를 만지며 시간을 확인했다.

이시환이 아무리 용을 써도 지금쯤 세미나는 끝났을 것이다.

물 흐르듯 김도현 교수가 야마시타 교수에게 곧바로 점심을 먹자고 제안하고, 학생 식당에선 리키가 난동을 부려 이목을 집중시키는 계획이다.

중간에 한 명이라도 먼저 자리에서 일어나 수석 교수 연구실로 오게 하면 안 된다.

'잘 부탁합니다, 리키!'

영문도 모르고 사고를 쳐야 할 리키가 잘해주길 바랄 따름이다.

곧이어 그는 모니터에 집중하기 시작했다.

최치우는 도쿄대의 심장을 빼앗기 위한 마지막 관문에 도전하고 있었다.

타닥, 타다닥!

바쁘게 키보드를 두드리는 최치우의 눈이 빛나고 있다.

그의 눈동자에는 이제껏 쉬이 볼 수 없던 열기가 감돌았다.

이중삼중으로 방호벽이 설정된 지구자원학과의 전산망을 해킹하는 데 성공했기 때문이다.

15분 정도의 짧은 시간이었지만 그 과정은 결코 만만치 않았다.

숨을 죽이고 컴퓨터에 몰입한 최치우의 이마에서 식은땀이 흘러내릴 정도였다.

사실 누가 도쿄대 안방, 그것도 수석 교수의 연구실에서 해킹을 할 생각을 하겠는가.

그렇기에 건물 보안은 취약할 수밖에 없었다.

따지고 보면 보안이 허술한 것도 아니었다.

아무렇지 않게 CCTV를 무력화시키고 문고리를 부수는 최치우가 비상식적일 따름이다.

반면 전산망 보안은 호락호락하지 않았다.

최치우도 서울에서 충분히 시뮬레이션을 하지 않았다면 시간을 맞추기 어려울 뻔했다.

평범한 해커가 아닌, 전투형 로봇을 설계하고 인공지능을 만지던 엔지니어의 기억이 남아 있는 해커이기에 가능한 일이었다.

"독도가 문제가 아니었어."

최치우는 저도 모르게 혼잣말을 읊조렸다.

해저의 메탄 하이드레이트를 시추할 수 있는 핵심 기술은 이미 확보했다.

문제는 그다음이었다.

도쿄대 지구자원학과는 아시아 1위답게 엄청난 기밀 자료를 보유하고 있었다.

세계 곳곳에 매장된 것으로 추정되는 미지의 자원과 에너지에 대한 정보가 넘쳤다.

한편, 왜 이런 정보가 극비 기밀인지도 알 것 같았다.

단순히 자원 개발권을 먼저 확보하기 위해서만은 아닌 게 분명했다.

현대 과학으로 증명할 수 없는, 어떻게 보면 허무맹랑한 정보도 많았기에 섣불리 공개하지 못한 것일 수도 있었다.

도쿄대에서 이러한 자료들을 취급한다는 게 알려지면 논란에 휩싸일 것이다.

"브라질의 광산에서 발견됐다는 미확인 금속… 이건 아무리 봐도 미쓰릴 같은데."

최치우는 아슬란 대륙에서 황금의 100배 가치로 거래되었던 미쓰릴을 떠올렸다.

무궁무진한 에너지를 품은 환상의 금속이 어쩌면 지구에도 묻혀 있을지 모른다.

도쿄대 지구자원학과의 데이터가 방대했기에 일일이 모든 파일을 살펴보진 못했다.

남미의 미쓰릴로 추정되는 광물 말고도 최치우의 흥미를 자극할 기밀 자료들이 많을 것이다.

최치우는 시추 기술을 비롯해 관련 자료를 모조리 복사해 웹하드로 보냈다.

이 작업 역시 보안을 뚫는 것만큼 힘들었다.

흔적을 남기지 않고 자료를 카피해서 전송하는 것이 얼마나 어려운지 해커들은 다 안다.

그 어려운 일을 20분을 넘기지 않고 해낸 최치우는 뭉그적거리지 않았다.

야마시타 교수의 PC를 사용한 흔적을 지우고 최대한 빨리 건물에서 벗어나야 한다.

겉보기엔 컴퓨터 앞에 앉아 있는 게 안전하고 한가해 보이지만, 실상은 주먹이 오가는 파이트 클럽에서의 격투보다 더 치열한 승부였다.

도쿄대 전산망 보안 시스템과의 한 판 승부를 끝낸 최치우는 마지막 과정까지 잊지 않았다.

그는 건물 전체 CCTV의 기록을 날려 버리는 것으로 도쿄에서의 승부를 마무리 지었다.

"됐다!"

최치우는 짧게 환호성을 터뜨렸다.

티는 내지 않았지만, 프로그래밍 코드를 입력하는 매 순간이 일촉즉발의 위기나 다름없었다.

키보드 하나만 잘못 눌러도 보안망이 가동되며 해킹을 시도한 흔적이 남게 된다.

그렇게 되면 조교를 때려눕힌 최치우가 의심을 피할 길이 없다.

하지만 어떠한 흔적도 남기지 않고 완벽하게 해킹에 성공했기에 걱정이 무의미해졌다.

야마시타 교수는 자신의 PC를 확인해도 자료가 유출된 것조차 파악하지 못할 것이다.

연구실을 지키다 최치우에게 기절을 당한 조교가 이상한 소리를 해도 물증이 없다.

대도(大盜)가 되어 도쿄대 지구자원학과의 심장을 빼앗은 최치우는 유유히 연구실을 빠져나왔다.

최치우는 바다 건너 일본 땅에서 독도의 메탄 하이드레이트를 채취하기 위한 실마리를 얻었다.

당장의 가치로 따지면 핵심 기술을 확보한 게 최고의 수확이다.

하지만 최치우는 어찌 보면 연구 자료로 큰 가치가 없는 미확인 에너지와 자원에 대한 자료가 더 마음에 들었다.

그는 이미 독도 이후의 그림을 그리고 있었다.

                    *   *   *

"리키? 왜 그래? 진정해! 컴 다운!"

내막을 자세히 모르는 이시환이 당황한 얼굴로 말했다.

미래 에너지 탐사대의 대학원생 멤버들도 어찌할 영문을 모르고 있었다.

김도현 교수는 한 발짝 물러서서 이 사태를 관망하고 있었다.

리키는 도쿄대의 경비 인력을 모조리 끌어모을 기세였다.

"내 몸에 돈 터치! 오케이? 돈! 터! 치!"

그는 이유 같지도 않은 이유로 소란을 피웠고, 제지하기 위해 달려온 경비원들을 쩔쩔매게 만들었다.

죄 없는 경비원들을 때리거나 다치게 하지는 않았다.

그저 넘치는 힘으로 제압당하지 않으며 계속 소란을 피울 따름이었다.

"아, 조, 조또마떼!"

몰려든 경비원들은 속수무책이었다.

리키의 양팔을 붙잡았지만, 마치 어린아이가 어른에게 매달린 모양새다.

최치우가 나타나기 전까지 비공식 한국 격투 최강자이던 리키의 힘을 평범한 경비원들이 당해낼 수는 없었다.

게다가 리키는 주짓수 마스터이다.

파이트 클럽에서도 주짓수 기술로 최치우를 곤란하게 만들었다.

굳이 많은 힘을 쓰지 않고도 기술을 이용해 요리조리 빠져나오는 게 가능했다.

스윽—

또다시 경비원에게 붙잡힌 오른팔을 빼낸 리키가 목소리를 높였다.

"컴 다운! 말로 하자니까 왜 흥분해?"

그는 오히려 도쿄대 경비원들에게 진정하라고 외쳤다.

물론 씨알도 먹히지 않을 말이었다.

경비원들도 슬슬 열이 받기 시작했다.

벌써 네 명이 모였는데 한 사람을 제압하지 못하니 화가 날 만도 했다.

"김 교수님, 저 친구, 대체 왜 저러는 겁니까?

도쿄대 지구자원학과의 교수도 통역을 대동해 김도현 교수에게 SOS를 쳤다.

미래 에너지 탐사대에서 데려온 인원이니 통제해 달라는 뜻이다.

김도현 교수는 난감한 표정을 지으며 슬쩍 손목시계를 쳐다봤다.

'시환 학생이 시간을 잘 끌었고, 리키가 소란을 피운 지 5분이 넘었는데… 어쨌든 치우 군이 돌아올 때까지 최대한 버텨야겠지.'

그는 머릿속으로 타임 라인을 그리며 정중하게 대답했다.

"보시다시피 혼혈이다 보니 우리와 다른 사고방식을 가진 게 아닐까요? 저는 짐작이 안 갑니다만, 어느 부분에서 저 친구의 신경을 건드렸다든가……. 곧 진정하겠지만 정말 죄송하게 생각합니다."

김도현은 교묘한 화술을 구사했다.

그는 결코 만만한 사람이 아니다.

학계의 선두 주자로 주목받으며 온갖 음해와 루머를 견딘 이력이 있었다.

방금도 은근슬쩍 도쿄대에도 책임이 있다는 뉘앙스를 풍겼다.

격식을 차리며 사과를 했지만, 리키가 아무 이유 없이 저렇게 날뛰겠냐고 말한 것이다.

통역을 통해 김도현 교수의 말을 전달받은 지구자원학과 교수는 딱딱한 표정으로 야마시타 교수를 돌아봤다.

수석 교수인 야마시타 역시 리키의 돌발 행동에 난처해하고 있었다.

평생 연구실과 대학교에서 예의 바른 모범생들만 접하던 야마시타 교수에게 이런 일은 무척 낯선 것이었다.

"호우!"

그때 리키가 산뜻한 기합을 내질렀다.

그는 175㎝쯤 되는, 결코 작지 않은 경비원을 가볍게 들어 저만치 떨어뜨려 놓았다.

리키 한 명 때문에 네 명의 장정이 진땀을 흘리는 모습이 비현실적으로 보였다.

그나마 리키가 아무도 안 다치게 하려고 애를 쓰기에 이런 것이다.

작정하고 싸웠다면 경비원 네 명은 진작 의식을 잃고 기절했을 게 확실하다.

"더는 어쩔 수가 없습니다. 교내 경비원이 아니라 경찰을 부르도록 하지요."

지구자원학과 교수가 최후통첩을 전했다.

자신이 모시는 야마시타 교수의 창백한 낯빛을 보니 어떻게든 사태를 끝내야겠다고 결심한 것이다.

"그렇게까지는……."

김도현 교수가 그를 만류하려는 찰나, 낯익은 얼굴이 조용히 미래 에너지 탐사대의 영역 안으로 들어왔다.

최치우는 원래부터 그 자리에 있었다는 듯 대학원생 멤버들 옆에 서 있었다.

그가 잠시 사라졌다 돌아온 걸 아무도 신경 쓰지 않았다.

일부러 존재감을 죽였고, 이시환의 질문 공세와 리키의 난동에 모두의 관심이 몰렸기 때문이다.

'치우 군!'

김도현 교수는 속으로 소리를 삼켰다.

최치우는 남들 몰래 리키를 바라보며 윙크를 했다.

'미션 성공.'

사인이 떨어졌다.

최치우를 본 리키가 거짓말처럼 동작을 멈췄다.

"어?"

"난데……?"

끙끙거리던 경비원들도 놀랐다.

통제 불능의 힘을 자랑하던 리키가 얌전히 팔을 늘어놓고 가만히 있었기 때문이다.

리키라고 좋아서 사고를 친 게 아니었다.

사부로 모시기로 한 최치우의 지시를 받고 마뜩치 않은 임무 수행을 했을 뿐이다.

"저 친구가 이제 조금 진정이 된 것 같네요. 다시 한번 정식으로 사과드리겠습니다. 앞으로도 계속될 원활한 학술 교류를 위해 한 번만 양해하고 넘어가 주시면 안 되겠는지요."

리키는 잠잠해졌고, 30억 원의 연구비를 기부하기로 한 서울대의 책임 교수가 고개를 숙였다.

경찰을 부르거나 별도의 조치를 취해 상황을 심각하게 만들기도 애매했다.

"후우, 일단 저 친구는 격리를 좀……."

"따로 떼어내서 왜 그랬는지 알아봐야겠지요. 남은 기간 동안 이런 소동이 재발하지 않도록 제가 각별히 신경 쓰겠습니다."

김도현 교수가 마무리를 했다.

그는 야마시타 교수를 바라보고 한 번 더 사과의 뜻을 표시했다.

리키 때문에 깜짝 놀란 야마시타 교수는 마지못해 괜찮다는 듯 고개를 끄덕였다.

이것으로 사태는 일단락됐다.

미래 에너지 탐사대와 지구자원학과는 예정대로 함께 식사를 하러 갔다.

막내인 최치우는 자초지종을 듣고 리키를 진정시킨다는 명목으로 교내 경비원들과 함께 따로 떨어졌다.

학술 교류 일정은 오늘 오후까지이다.

하지만 최치우는 30억을 쓰며 도쿄대에 온 목적을 달성했다.

지금으로선 김도현 교수만 정확한 사실을 알고 있다.

그러나 시간이 지나면 미래 에너지 탐사대 전원이, 그리고 대한민국이 최치우의 덕을 보게 될 것이다.

최치우는 마냥 떳떳하지만은 않은 일을 했지만 후회는 없었다.

후회할 시간에 무슨 수를 쓰든 앞으로 나아가며 목표를 이룬다.

일곱 차원을 거치며 많은 게 달라졌지만, 최치우의 영혼에 각인된 본능은 어디 가지 않았다.

조용하면서 다이내믹한 모험을 마친 그의 심장이 펄떡거리고 있었다.

최치우는 얼른 한국으로 돌아가 김도현 교수와 함께 자료를 살펴보고 싶었다.

독도 인근 해역에 시추 기계를 세운다는 게 더 이상 허황된 꿈만은 아니었다.

메탄 하이드레이트 채취에 성공하면 최치우는 머지않아 세계를 누비게 될 것이다.

'임동혁 본부장이 뭐라고 할지 궁금하군.'

최치우는 선뜻 30억 원을 내놓은 한영그룹의 후계자 임동혁을 떠올렸다.

　재계의 미친놈으로 악명이 자자한 임동혁과의 내기에서도 이긴 것이다.

　서울에서는 더 재밌는 일들이 그를 기다리고 있을 것 같았다.

5장
로
또

  서울로 돌아온 최치우는 김도현 교수와 함께 연구실에서 며칠 밤을 지새웠다.

  어머니께는 공부할 게 많아서라고 변명했다.

  최치우가 모은 돈으로 동네에 번듯한 가게를 연 어머니는 자나 깨나 아들 건강 걱정이었다.

  아들은 언젠가부터 달라졌다.

  그리고 그 아들이 특별한 재능을 가지고 있다는 것을 알고 있긴 했지만… 어머니의 마음은 한결같았다.

  아무리 장성했어도 길에서 차 조심하라고 당부하는 게 어머니의 마음이다.

  최치우는 도쿄대 지구자원학과의 기밀 자료를 검토하면서도 틈틈이 어머니께 전화를 드렸다.

누군가 자신을 걱정한다는 것, 그리고 그 걱정을 덜어주기 위해 자신이 노력해야 한다는 것이 꽤나 낯설었지만 싫지 않았다.

"이렇게 정리하니 한결 보기가 좋네요. 후우……."

김도현 교수가 피곤한 듯 한숨을 내쉬며 기지개를 켰다.

안경 너머 그의 눈동자가 빨갛게 충혈돼 있다.

도쿄대의 데이터는 방대했고, 그만큼 버릴 것도 많았다.

최치우가 어렵게 가져온 자료를 검토하고 분류하느라 눈알이 빠질 지경이었다.

물론 김도현 교수와 함께 며칠 밤을 샌 최치우도 피곤하긴 마찬가지였다.

무공 덕분에 일반인과는 차원이 다른 체력을 지녔지만, 정신적 피로도는 내공으로도 어찌 할 수 없었다.

연구가 괜히 힘든 게 아니었다.

두뇌를 풀로 가동하며 몇 시간을 보내면 누구든 탈진 상태가 된다.

그런 작업을 며칠에 걸쳐 계속했으니 금강불괴라도 피로감을 느끼는 게 당연했다.

"고생 많으셨습니다, 교수님."

"내가 무슨 고생을 했겠어요. 치우 군이 만든 밥상에 숟가락만 얹었을 뿐인데."

김도현은 한참 어린 제자인 최치우를 치하했다.

그냥 하는 말이 아니었다.

독도에서부터 범상치 않은 면모를 보인 최치우는 김도현의 오랜 꿈을 이뤄줄 키맨이다.

이제는 혼자 힘으로 30억 원의 투자를 끌어오고, 그것을 발판 삼아 도쿄대에서 지구자원학과의 기밀 자료를 빼내기까지 했다.

연구 윤리를 벗어난 일이지만, 목표를 위해 물불을 가리지 않는 과감함과 저돌성은 김도현이 가지지 못한 것이다.

겉으로 드러난 미래 에너지 탐사대의 리더는 당연히 김도현 교수이다.

학부 1학년으로 F.E에 참여한 최치우는 운 좋은 막내일 따름이다.

하지만 실상은 완전히 달라졌다.

최치우가 스스로 비전을 개척하고 김도현 교수는 조력자 역할을 기쁘게 맡았다.

두 사람은 며칠을 걸려 일목요연하게 정리한 리스트를 쳐다보고 있었다.

도쿄대의 자료에서 추릴 것은 추려내고 핵심적인 내용만 알아보기 쉽게 요약한 리스트다.

당연히 맨 윗줄에는 메탄 하이드레이트의 해저 시추 기술이 당당하게 자리를 차지하고 있었다.

"한영그룹의 임동혁 본부장을 만날 거라고 했지요?"

"네, 교수님. 일본에서 돌아왔으니 성과를 보여줘야죠."

"이런 표현이 조금 저속하지만 재벌 2세와의 내기에서 치우 군이 이긴 거네요."

"임 본부장이 기분 나빠하진 않을 겁니다. 딱 한 번 만나봤지만 정상이 아닌 사람이라서… 자신이 패배한 걸 더 좋아할지도 모릅니다."

"듣기로는 소문이 안 좋던데. 한영그룹 회장도 컨트롤하기 힘든 망나니 후계자라는 말이 있잖아요."

"교수님 앞에서 이런 말을 쓰기 그렇지만… 음, 미친놈입니다."

최치우는 임동혁을 떠올리며 피식 웃음을 흘렸다.

미친놈이라는 표현을 제외하고 그를 설명하긴 어렵다.

그러고 보면 연구 생명을 걸고 최치우와 한배를 탄 김도현도 정상은 아니었다.

김도현, 임동혁, 리키, 그리고 최치우까지.

각자 정도와 방향은 달라도 비정상인 인간들이 모여 뭔가를 만들어내고 있었다.

아직 이들 모두가 팀(Team)이 된 것은 아니다.

그러나 어디로 튈지 모르는 무궁무진한 가능성을 보유한 조합인 것은 분명했다.

최치우는 쟁쟁한 인물들의 중심에서 길을 개척해 가고 있었다.

"어쨌든 임 본부장이 투자를 결정하면 일은 정말 빨리 진행될 수 있을 거예요."

"정부 쪽 협상은 교수님께서 힘을 써주십시오."

"그거야 당연히 내가 해결해야지요. 걱정 말아요."

독도에 시추 기계를 세우기 위해서는 정부의 승인을 받아야 한다.

일본과의 외교적 마찰을 감수해야 하기에 정부의 부담도 만만찮을 것이다.

하지만 김도현은 청와대의 요직과 장관들에게 자문을 해주는 국제적인 저명인사이다.

그가 정치 활동에 적극적으로 나서는 폴리페서는 아니지만, 교수로서의 전문성과 영향력은 폭넓은 인정을 받고 있었다.

임동혁의 한영그룹도 개발 사업을 성사시키기 위해 다른 루트로 로비에 나설 것이다.

양 방향 로비와 민간 자금, 핵심 기술 등 어느 하나 빠지는 게 없다.

독도에 시추 기계를 세운다는 것, 수많은 사람이 꿈꿨지만 감히 시도조차 못 한 일이다.

그러나 최치우는 내년 봄이면 충분히 시추 기계를 세워놓고 우리의 영해에서 미래 자원을 채취할 수 있을 거라 믿었다.

믿음은 열정을 낳고 열정은 행동으로 진화했다.

그 결과, 꿈만 같이 멀게 느껴지던 일이 어느새 눈앞의 현실로 다가와 있었다.

독도의 메탄 하이드레이트만이 아니다.

도쿄대 지구자원학과의 자료를 통해 내년, 내후년, 그 이후 먼 미래까지 목표로 삼을 수 있는 새로운 도전 과제들도 찾게 됐다.

　"브라질의 광산, 인도 갠지스강의 미확인 미생물, 그리고 백두산 천지에 있다는 괴생물체 등등, 최소한의 근거를 확보한 자료만 리스트에 포함시켰는데도 열 개를 넘겼군요."

　"도쿄대에서는 이만한 자료를 공식적으로 발표하지 않은 이유가 뭘까요? 엄청난 화제가 됐을 테고 투자도 많이 받을 수 있을 것 같습니다만."

　합리적인 질문이었다.

　최치우는 도쿄대의 자료가 보물 지도나 다름없다고 생각했다.

　하지만 김도현은 천천히 고개를 저으며 현실적인 부분을 설명해 줬다.

　"학계는 보수적이고 특히 일본은 그런 풍토가 더욱 강해요. 나름의 근거야 있지만… 이런 가설을 공식 발표 했다간 후폭풍을 감당하기 힘들었을 거예요. 만약 투자를 받아서 프로젝트를 진행했는데 최소한의 성과도 올리지 못한다면 도쿄대 지구자원학과의 신망이 땅에 떨어지게 되는 것이지요. 그만한 모험을 강행하기 힘드니 기밀 자료로 보관할 수밖에 없었을 것 같네요. 나와 치우 군에게는 이 리스트의 가치가 엄청나게 느껴지지만 야마시타 교수에게는 계륵 같은 존재 아니었을까요."

계륵(鷄肋).

버리기는 아깝고 취하기는 애매한 것을 뜻하는 말이다.

삼국지의 조조에게 있어 유비가 자리 잡은 촉한이 계륵이었듯 야마시타 교수에게는 100% 검증되지 않은 자료들이 계륵이었다.

그러나 최치우에게는 아니었다.

그는 야마시타 교수의 컴퓨터에서 자료들을 봤을 때 호박이 넝쿨째 굴러들어 온 기분을 느꼈다.

지금도 변함이 없다.

특히 브라질의 광물은 아무리 봐도 미쓰릴이 맞는 것 같았다.

다른 차원에서의 경험과 지식이 현생의 지구에서 미래 에너지를 찾는 데 도움이 될 게 분명했다.

"치우 군, 임 본부장에게는 어디까지 이야기할 계획인가요?"

"우선은 독도의 메탄 하이드레이트 시추 기술만 보여줄 생각입니다. 그와 언제까지 함께하게 될지 아직은 장담할 수 없습니다."

"역시 치우 군은 학생 같지 않아요. 매번 놀라지만 또 놀라게 되네요."

김도현은 최치우의 대답을 듣고 나지막하게 감탄하며 고개를 끄덕였다.

보통의 스무 살 청년이라면 30억이라는 거금을 선뜻 내준 임동혁에게 고마움을 느낄 것이다.

그러다 자발적으로 간이고 쓸개고 다 내주려 들지도 모른다.

그런데 최치우는 달랐다.

그는 철저하게 자기 사람과 아직 100% 믿을 수 없는 사람을 구분했다.

계산적인 모습을 절대 밖으로 드러내지 않고 경험과 연륜이 쌓인 능구렁이처럼 냉정하게 상황과 사람을 바라보고 있었다.

몇 번의 생을 거친 최치우에겐 당연한 일이지만, 그를 스무 살 신입생으로 아는 김도현은 신기할 수밖에 없었다.

'하긴, 내가 판단할 수 있는 그릇이 아니란 걸 이미 인정해 놓고 무슨……'

김도현 교수는 헤아리기 힘든 최치우의 눈동자를 마주 보며 미소를 지었다.

복잡하게 생각할 거였다면 도쿄대를 해킹하는 무지막지한 일에 뛰어들지도 않았을 것이다.

그는 이미 최치우라는 항로를 알 수 없는 배에 승선했다.

바람을 타고 풍랑을 가르며 앞으로 나가기만 하면 된다.

며칠 동안의 밤샘 작업을 마친 최치우와 김도현은 피로를 수습하며 기분 좋게 웃었다.

뒤풀이로 공대 건물와 자판기 커피라도 나눠 마셔야 할 것 같았다.

         *   *   *

임동혁은 어이가 없다는 표정을 지었다.

그는 이전처럼 싱글 몰트 위스키를 한 손에 들고 최치우를 바라봤다.

곧이어 임동혁이 미친놈처럼 웃기 시작했다.

"하하, 하하하하! 하하하하하! 이게 진짜 사실이란 말이지?"

그는 자기 자신에게 혼잣말을 하며 한참 동안 광소(狂笑)를 터뜨렸다.

이윽고 스스로를 진정시킨 그가 다시 최치우에게로 고개를 돌렸다.

"최치우 씨, 지금 내가 준 30억을 모조리 도쿄대에 미끼로 쓰고… 그 대신 지구자원학과에서 핵심 기술을 빼왔다고 말한 거 맞습니까?"

"본부장님이 들은 그대로입니다."

"이런 국제적인 범죄에 명성이 하늘을 찌르는 김도현 교수도 참여했고?"

"굳이 따지자면 범죄는 나 혼자 저지른 셈입니다."

최치우는 분명하게 선을 그었다.

어차피 제대로 미친놈인 임동혁이 도쿄대의 자료를 빼앗아 온 걸 문제 삼을 리 없다.

그래도 김도현 교수는 직접 가담하지 않았음을 명확히 했다.

만에 하나라도 일이 꼬이면 오롯이 책임을 지기 위해서이
다.

그런 모습이 의외인 듯 임동혁이 고개를 갸웃거렸다.

"보통은 어떻게든 책임을 나누려 하는데… 특이합니다. 어쨌
거나 해저에 묻힌 메탄 하이드레이트를 시추할 수 있는 기술은
김도현 교수가 보증한다 이 말이군요."

"실물 채취에 성공한 적 있는 도쿄대의 기술입니다. 물론 이
걸 무작정 카피하는 건 아닙니다만."

"적당히 우리 상황에 맞게 참고하고 응용하면 독도에서 메탄
하이드레이트를 채취하는 것, 충분히 가능하겠습니다."

확실히 임동혁은 머리가 비상하게 돌아갔다.

최치우가 1을 말하면 알아서 10을 판단하고 있었다.

재계에는 개차반에 망나니로 소문이 났지만, 실은 만만치 않
은 잠재력을 숨기고 있는 게 분명했다.

"이거 정말… 덕분에 피가 뜨거워집니다."

그는 온몸에서 아드레날린이 분비되는 듯 손끝을 부르르 떨
었다.

오죽 인생이 심심하면 억대의 돈을 쓰며 파이트 클럽의 스폰
서 노릇을 하겠는가.

태어날 때부터 모든 걸 가진 재벌 2세 임동혁은 드디어 흥미
를 가질 일을 만났다.

"한국에서 싸움을 제일 잘하는 서울대 공대생이 도쿄대에서
기술을 훔쳐 왔고, 세계 최고로 꼽히는 교수가 보증을 선다. 이

거 완전 영화 아닙니까?"

"영화가 아닌 실화입니다."

최치우는 흔들림 없는 눈빛으로 임동혁을 응시했다.

그는 장난을 치기 위해 시간을 낸 게 아니었다.

"내기에서는 내가 이겼으니 30억은 잘 쓴 걸로 치겠습니다."

"아아, 그래. 우리 내기를 했죠? 어차피 기술이라고 보여줘도 나는 맞는지 틀린지 알 방법도 없습니다. 그러나 최치우 씨가, 그리고 김도현 교수가 거짓말을 하진 않을 테니."

임동혁은 30억이라는 거금이 걸렸는데도 아무렇지도 않게 최치우의 말을 믿었다.

이어서 꺼낸 말은 더 스케일이 컸다.

"그 기술로 독도에 시추 기계를 박는 것은 어느 정도 듭니까?"

"일단 착수에 수천억 원이 들어갑니다. 그다음부터는 개발 상황에 따라 얼마가 더 들어갈지 모르죠."

"골 때리는 사업이군요. 그랬다가 시추를 못 하면 투자금은 다 날리는 거고?"

"기술과 노하우가 남겠지만 빈털이되는 거야 어쩔 수 없겠죠."

최치우는 남의 일 말하듯 대수롭지 않게 대답했다.

둘 다 수천억 대 이상의 대규모 개발 사업을 언급하는 사람들의 태도가 아니었다.

"그래서 최치우 씨는 이제 뭘 어떻게 할 생각입니까?"

"임동혁 본부장님의 투자를 받을 생각입니다만."

"내 투자를?"

"30억 쓰신 김에 조금 더 쓰시죠. 독도의 천연자원을 개발한 영웅이 될 수 있는 기회를 놓치지 말기를."

최치우는 투자를 받으려는 사람이 아니라 커다란 호의를 베푸는 사람 같았다.

독도에서 시추에 성공하면 향후 수십 년간 막대한 수익을 기대할 수 있다.

게다가 참여한 기업의 이미지는 말도 못 하게 좋아질 것이다.

뻔한 광고나 홍보 캠페인에 비할 바가 아니었다.

임동혁은 독한 위스키를 단숨에 털어 마시고 물었다.

"최치우 씨, 내가 독자적으로 이 프로젝트를 추진하려면 상속권을 걸어야 할지도 모릅니다. 우리 영감이 아주 꼬장꼬장한 양반이라서 말입니다."

"한영그룹의 회장님을 말하는 것이군요."

"반대로 내가 한 방 제대로 터뜨리면 영감도 조금 일찍 상속을 할지 모르고. 어쨌거나 운명을 걸어야 한다는 말씀."

"부담스러우면 투자하지 않아도 됩니다. 핵심 기술이 있다는 게 알려지면 사람들이 줄을 서겠죠."

"아아, 무슨 그런 섭섭한 말을. 대박이 날지 쪽일지 모르지만, 손에 들어온 복권을 긁지도 않으면 임동혁이 아니지."

"결정하신 겁니까?"

임동혁이 웃으며 고개를 끄덕였다.

대기업 후계자가 자신의 상속권을 걸고 덤벼야 하는 프로젝트이다.

그런 것치고는 결정이 너무 빠른 감이 있었다.

하지만 최치우가 임동혁을 마음에 들어 하는 건 이런 과감함 때문이었다.

"긁어봅시다, 이 복권."

"본부장님, 운이 아주 좋으시군요."

"나 같은 호구를 잡은 최치우 씨가 운이 좋은 게 아닙니까?"

"둘 다 좋은 걸로 하죠, 그럼."

한영그룹의 후계자로부터 투자를 약속받은 최치우가 미소를 지었다.

시작이 반이라고 했는데 이미 팔부 능선에 오른 기분이 들었다.

그는 이미 독도 너머의 세계를 바라보고 있었다.

최치우는 지구라는, 이제껏 경험해 보지 못한 가장 넓고 복잡한 차원을 무대 삼아 종횡무진 활약할 것 같았다.

무한의 환생으로 인해 형벌이라 생각하던 삶이 점점 즐거워지고 있었다.

임동혁이 작정하고 나섰다.

재벌 2세가 자신의 후계자 자리를 걸고 일을 밀어붙이면 추진력이 엄청날 수밖에 없다.

그사이 최치우는 임동혁과 김도현 교수를 만나게 해줬다.

서울 모처에서 이뤄진 미팅에서 김도현 교수는 해저 시추 기술에 대해 자세히 설명했다.

물론 전문적인 내용이라 임동혁이 100% 이해할 수는 없었다.

그러나 김도현 교수의 설명을 통해 그는 독도에 묻힌 메탄 하이드레이트를 채취할 수 있는 기술을 확보했음을 확신하게 됐다.

일본이 보유한 기술은 마냥 특별한 게 아니었다.

그들이 실제로 해저의 메탄 하이드레이트를 시추했을 때의 데이터가 기술의 80% 이상이었다.

덕분에 김도현 교수와 최치우는 시행착오를 줄이고, 독도 인근 해역에 맞춰 시뮬레이션을 작동시킬 수 있었다.

시뮬레이션 프로그램은 김도현 교수와 최치우가 함께 개발했다.

최치우는 바로 직전의 인생에서 얻은 지식을 토대로 무시무시한 개발력을 보여줬다.

해킹 능력뿐 아니라 복잡하고 창의적인 기술을 개발하는 능력도 여느 전공자 못지않았다.

미래 에너지를 전공하는 학부생이 천재적인 해킹 실력과 개발 능력을 갖췄다는 것, 게임으로 치면 사기 캐릭터인 셈이다.

어디 그뿐인가.

김도현 교수는 모르지만 임동혁은 최치우가 파이트 클럽의 최강이라는 것까지 알고 있다.

비공식이긴 해도 한국 제일의 강자라는 걸 인지하고 있으니 더더욱 최치우를 괴물로 생각할 수밖에 없었다.

그는 최치우라는 인물을 만난 걸 일생일대의 기회로 여겼다.

복권을 긁어보겠다는 말이 괜한 비유가 아니었다.

이 복권이 터지기만 하면 임동혁은 망나니 재벌 2세에서 일약 그룹의 미래를 이끌 후계자로 위상이 바뀌게 된다.

당장 메탄 하이드레이트를 넉넉히 채취해 상업적인 수익을 거둘 필요도 없었다.

실물 채취에만 성공하면 한영그룹의 이미지는 단번에 국민 기업으로 떠오를 것이다.

그다음 상업화를 위한 기술 개발과 준비는 여러 상황을 보면서 천천히 준비해도 늦지 않았다.

시추 성공만으로 한영그룹은 국가가 주도하는 공공 개발 사업 입찰에 이점을 갖게 되는 것은 물론 수천억 이상의 광고 효과를 누리게 된다.

대외적으로는 망나니로 알려졌지만, 승부사 본능을 타고난 임동혁이 아무 이유 없이 운명을 건 게 아니었다.

그는 파이트 클럽에서 피 튀는 싸움을 볼 때보다 더 흥분해 있었다.

잘못되면 후계자 자리가 날아간다는 생각에 아드레날린이 쉬지 않고 분비됐다.

임동혁은 마치 여자 친구라도 된 것처럼 최치우에게 자주 연락했다.

그도 미래 에너지 탐사대의 숨은 실세가 최치우라는 사실을 알고 있었다.

김도현 교수와 더불어 최치우의 진면목을 엿본 몇 안 되는 사람에 속한다.

그래서인지 자신이 어떻게 프로젝트를 성사시키려 노력하는지 끊임없이 알리려 했다.

2학기가 끝나지 않아 학교생활을 병행하고 있는 최치우는 조금 귀찮기도 했다.

중요한 대목만 알려주면 되는데 임동혁의 연락이 너무 잦았기 때문이다.

우웅— 우웅—

"전화 왔어, 치우야."

함께 캠퍼스를 걷고 있던 유은서가 진동이 울리는 소리를 들었다.

폰을 확인한 최치우는 임동혁의 이름을 보고 고개를 저으며 대답했다.

"안 받아도 되는 전화라서."

"정말?"

"응, 괜찮아."

최치우와 유은서는 여름방학 이후 부쩍 가까워졌다.

몇 번의 가벼운 데이트를 했고, 서울대 에너지자원공학과 내부에서는 유은서가 최치우를 좋아한다는 소문이 알음알음 퍼져 있었다.

공대 여신으로 손꼽히는 유은서의 마음을 차지한 최치우를 질투하는 선배들도 생겼다.

신입생이 김도현 교수가 이끄는 미래 에너지 탐사대에 들어간 것만 해도 배 아픈 일이었다.

그런데 복학생들이 호시탐탐 노리던 유은서의 마음까지 뺏었으니 얄미울 만도 했다.

"이따 강의 끝나고 뭐 먹을까?"

"나 오늘은 어머니 가게 도와드리기로 했는데……."

"맞다, 어머님 가게 새로 열었다고 했지? 그럼 내가 같이 가서 도와드리면 어때?"

"괜찮겠어? 힘들 텐데……. 너 기말 시험공부도 해야 하잖아."

"아냐, 진짜 괜찮아. 인사도 한번 드리고 싶었어."

유은서가 적극적으로 나왔다.

어떻게든 구실을 만들어 최치우의 어머니에게 눈도장을 찍고 싶은 것이다.

최치우도 이제는 그녀가 자신을 특별하게 생각한다는 걸 알고 있었다.

아직 확실하게 마음을 열지는 않았지만, 귀엽고 예쁜 동기를 더 이상 애태울 생각은 없었다.

"그래, 가서 일은 하지 말고 인사만 드려."

최치우가 고개를 끄덕이며 유은서의 손을 잡았다.

새로 열어드린 어머니의 가게에 초대하면서 처음으로 스킨십을 한 것이다.

예상 못 한 타이밍에 유은서의 두 뺨이 빨갛게 물들었다.

하지만 그녀는 손을 빼지 않고 초승달 같은 눈웃음을 지으며 최치우를 쳐다봤다.

한창 분위기가 좋은 그때, 뒤쪽에서 자동차 클랙슨이 요란하게 울렸다.

빵빵—!

"최치우 씨, 데이트하느라 전화도 안 받고, 너무한 거 아닙니까?"

시끄러운 소리에 고개를 돌리니 낯익은 얼굴이 보인다.

한영그룹의 임동혁이 수억 원 대의 고급 자동차를 타고 캠퍼스로 찾아온 것이다.

"아, 결국 학교까지."

최치우는 한숨을 내쉬었다.

유은서가 눈을 동그랗게 뜨고 질문했다.

"누구야? 이상한 사람 아니지?"

"이상한 사람 맞아. 근데 위험한 사람은 아니고, 미래 에너지 탐사대에 도움을 주고 있는 사람이야."

"F.E에 도움을 주는 사람?"

최치우의 설명을 들은 유은서는 다시금 임동혁을 쳐다봤다.

새하얀 슈퍼카를 타고 캠퍼스에 나타나 경적을 울린 모습은 돈 많은 양아치가 따로 없었다.

그런데 서울대 공대의 주요 프로젝트인 미래 에너지 탐사대의 조력자라니 믿기 어려웠다.

"저 사람, 한영그룹 후계자 임동혁 본부장이거든."

"와아, 역시 F.E는 스케일이 다른 거 같아."

임동혁의 정체를 밝히자 유은서가 작게 탄성을 내질렀다.

한영그룹이라는 굴지의 대기업 후계자가 미래 에너지 탐사대를 지원한다는 사실에 놀란 것이다.

그제야 날라리 같은 임동혁이 조금 다르게 보였다.

임동혁은 차를 아무렇게나 세워두고 최치우에게 다가오고 있었다.

"아무리 데이트 중이라지만 내 전화도 안 받고, 너무한 거 아닙니까?"

"학교까지 무슨 일입니까?"

최치우는 임동혁의 말에 대답하지 않고 용건을 물었다.

임동혁도 대답 대신 질문을 먼저 했다.

"옆에는… 최치우 씨의 여자 친구?"

그의 질문에 유은서가 더 긴장한 눈치다.

최치우는 그녀의 손을 놓지 않고 가볍게 고개를 끄덕였다.

"보시다시피 그렇습니다."

"이런, 최치우 씨도 평범한 대학생처럼 연애를 하는군요."

"당사자 앞에서 그런 말은 조심하시는 게……."

"아아, 내 실수. 어쨌거나 중요한 일이 있어 왔습니다. 김 교수님과 함께 바로 의논해야 할 일입니다."

임동혁은 미친놈이긴 해도 실없는 사람은 아니었다.

그가 굳이 서울대까지 찾아온 걸 보면 그만한 이유가 있을 것이다.

최치우는 고개를 돌려 유은서를 바라봤다.

그녀는 어쩔 줄 모르는 얼굴로 최치우를 마주 보고 있었다.

자신을 여자 친구로 인정한 최치우의 모습에 심장이 뛰었고, 한편으로는 그가 한영그룹의 후계자를 막 대하는 걸 보면서 동경심을 느꼈다.

같은 학교, 같은 과를 다니지만 최치우는 다른 세계에 사는 사람 같았다.

어쩌면 유은서는 이런 점 때문에 아직 어린 티가 나는 동기들과 어른인 척만 하는 복학생들을 제치고 최치우에게 반한 건지도 모른다.

"은서야, 나 교수님 잠깐 뵙고 와야 될 것 같다."

"어? 그래야지. 이따가 카톡해."

"톡할게."

유은서가 마지못해 최치우의 손을 놓았다.

하지만 방금 전까지 피부로 와 닿았던 따뜻한 체온은 쉬이 사라지지 않았다.

최치우는 임동혁과 함께 공대 건물 안으로 뚜벅뚜벅 걸어 들어갔다.

유은서는 한동안 같은 자리에서 그의 뒷모습을 지켜보고 있었다.

아무래도 공대 여신이 제대로 사랑에 빠진 것 같았다.

*   *   *

겨울이 찾아왔다.

찬바람이 매섭게 불었고, 관악 일대를 쏘다니는 서울대 학생들도 두툼한 패딩으로 몸을 감쌌다.

그렇지만 최치우는 한여름보다 따뜻한 겨울을 보내고 있었다.

가을쯤 새롭게 문을 연 어머니의 가게는 대박은 아니어도 평탄하게 운영되는 중이다.

무엇보다 어머니가 사장님이 되어 즐겁게, 그리고 예전보다 편하게 쉬어가며 일을 한다는 게 기뻤다.

어차피 앞으로 최치우가 벌어들일 돈의 스케일은 차원이 다를 것이다.

그는 자기 가게를 열고픈 어머니의 꿈을 이뤄 드린 것으로 만족했다.

최치우가 늦게까지 학교에 머무는 탓에 자주 뵙지는 못해도 집안에선 언제나 훈훈한 공기가 흘렀다.

그의 겨울을 따뜻하게 만들어주는 건 어머니의 가게뿐만이 아니었다.

서울대 공대에서 제일 귀엽다고 해도 과언이 아닐 유은서와 연애를 시작했다.

점점 미모에 물이 오르던 유은서는 연애를 시작하면서 하루가 다르게 예뻐졌다.

최치우는 수많은 남학생들의 질투를 받으며 공개 캠퍼스 커플이 됐다.

사실 그는 독도의 자원 개발과 관련해 해야 할 일이 워낙 많아서 연애에만 집중할 수는 없었다.

그래도 가끔 비는 시간에 유은서와 같이 데이트를 하는 게 일상의 활력소가 됐다.

이성에게 무턱대고 끌리기엔 최치우의 영혼은 너무나 경험이 많았다.

그렇기에 공대 여신으로 불리는 유은서에게도 적당히 거리를 유지할 수 있었다.

하지만 오히려 그런 모습이 여자들의 마음을 더 끌어들이는 법이다.

남녀를 떠나서 먼저 안달이 난 상대는 매력이 없다.

최치우는 본의 아니게 나쁜 남자가 되어 유은서의 마음을 휘어잡았다.

그러나 겨울이 뜨거운 진짜 이유는 따로 있었다.

가게를 열고 행복해진 어머니도, 만날 때마다 귀엽게 애교를 부리는 유은서도, 그리고 일본 여행에서 돌아와 리얼 헌터 시즌 2를 준비 중인 문지유도 모두 소중한 존재들이다.

그럼에도 최치우의 영혼까지 몰입하게 만드는 그 무언가는 다른 일이었다.

다름 아닌 독도 해저 자원 개발이다.

서울대 공대의 미래 에너지 탐사대, 그리고 기존의 가스 하이드레이트 개발 사업단이 주축을 이루고 한영그룹이 민간 투자를 담당하는 국가 단위의 대형 프로젝트가 시작된다.

김도현 교수와 임동혁이 전력으로 추진해 정부의 사업 승인을 받았다.

서울대 공대도 미래 에너지 탐사대가 만들어온 어마어마한 크기의 국가사업을 기꺼이 받아들였다.

그동안 핵심 기술이 없어 제자리 돌기를 거듭하던 가스 하이드레이트 개발 사업단은 프로젝트를 마다할 이유가 없었다.

독도 해저 자원 개발 프로젝트는 정부의 내부 승인이 끝났고, 한영그룹도 본부장 직속 사업부를 만들었다.

임동혁이 후계자 입지를 걸고 덤볐기에 그룹에서도 전폭적으로 지원해 주었다.

사업 시행이 발표되면 전국의 모든 언론이 특종으로 다룰게 분명했다.

뿐만 아니라 일본에서 외교적 문제로 비화시키며 난리를 칠 것이 뻔했다.

그렇기에 모든 준비가 비밀스럽게 이뤄지고 있었다.

연말로 예정된 발표 행사가 끝나면 전 세계가 대한민국 독도를 주목하게 될 것이다.

최치우는 겨울방학에도 쉴 틈 없이 김도현 교수와 함께 해저 시추에 필요한 핵심 기술을 다듬고 전체 프로젝트의 밑그림을 그렸다.

처음 정부와 가스 사업단, 그리고 한영그룹의 전문가들은 최치우가 수뇌부 회의에 참석하는 걸 이상하게 생각했다.

그러나 의문은 머지않아 풀렸다.

최치우는 예리한 문제 제기와 직관적인 해결책, 다각도에서 분석한 전문 기술로 회의에 참석한 사람들을 깜짝 놀라게 만들었다.

굳이 김도현 교수가 감싸고돌지 않아도 스스로 실력을 입증한 것이다.

물론 대외적으로는 1학년 학부생인 최치우가 독도 해저 자원 개발의 얼굴로 나설 일은 없었다.

최치우 스스로도 원하지 않았다.

괜히 집중 견제의 대상이 되며 활동에 제약만 늘어날 것이기 때문이다.

아직은 전면에 드러날 때가 아니었다.

하지만 아는 사람들, 즉 일을 진행하는 플레이 메이커들은 다들 최치우의 진가를 알고 있었다.

그는 극소수의 전문가와 정부 주요 인사들 사이에서 미래 에너지 탐사대의 실세이자 독도 해저 자원 개발의 핵심 멤버로 강렬하게 인식됐다.

곧 베일에 싸인 독도 해저 자원 개발의 실체가 공개될 예정이다.

개발 사업이 실패하게 되면 한껏 올라간 최치우의 주가도 바닥으로 떨어진다.

최치우와 임동혁, 그리고 김도현 교수의 운명이 걸린 프로젝트가 로또일지 꽝일지 이제 정말 시추 기계를 설립하고 결과를 확인하는 일만 남은 것 같았다.

6장
숨은 실세

최치우는 몸에 딱 붙는 정장을 입었다.

옷이 날개인지, 아니면 균형 잡힌 몸이 패션을 완성시킨 것인지 최치우의 태는 남달랐다.

딱 봐도 명품 정장을 입은 게 분명했다.

사실 평범한 대학생들은 명품은커녕 백화점 브랜드의 정장도 입기 쉽지 않다.

하지만 최치우는 달랐다.

어머니에게 무려 4억 원을 드렸지만, 그의 주머니 사정은 넉넉한 편이었다.

웹툰 리얼 헌터의 시즌 1 유료 결제로 인한 수익이 꾸준히 들어오기 때문이다.

곧 문지유가 시즌 2를 연재하게 되면 수익은 또다시 폭발적으로 늘어날 것이다.

더 이상 파이트 클럽에서 뛸 필요는 없었다.

실전 감각 측면에서도 별로 도움이 되지 않았고, 비공식 한국 최강자가 되며 얻을 건 전부 얻었기 때문이다.

한영그룹 임동혁과 못 말리는 리키를 알게 된 게 가장 큰 수확이다.

게다가 이제는 차원이 다른 액수의 자금을 움직일 수 있게 됐다.

독도 자원 개발을 위해 한영그룹이 투자한 수천억 원, 그리고 프로젝트가 성공했을 때 임동혁이 얻게 될 막대한 이익을 최치우도 함께 공유하게 될 것이다.

그는 어느덧 수억의 돈도 대수롭지 않게 여기는 인물로 성장했다.

물론 아직 개인 자산이 엄청나게 늘어난 건 아니지만 노는 물 자체가 달라진 것이다.

명품 정장을 쫙 빼입고 참석한 오늘의 행사는 최치우가 만든 것이나 다름없었다.

전국을 넘어 세계의 관심을 집중시킨 독도 해저 자원 개발 프로젝트 발족식에는 내로라하는 귀빈들만 초대를 받았다.

최치우는 일부러 전면에 나서지는 않지만, 미래 에너지 탐사대원 자격으로 당당하게 발족식에 참석했다.

민(民), 관(官), 학(學) 세 분야가 모두 힘을 모아 독도 해저 자원 개발 프로젝트를 발족하게 됐다.

민간은 한영그룹, 관은 정부 산하의 가스 하이드레이트 사업단, 그리고 학계에서는 서울대 공대의 미래 에너지 탐사대가 주축이다.

발족식 이전까지 치열한 회의와 미팅을 통해 각각의 역할도 나눠졌다.

미래 에너지 탐사대가 머리 역할을 하고, 가스 하이드레이트 사업단은 손발이 되어 실제 시추를 맡는다.

한영그룹은 머리와 손발이 쉬지 않고 일할 수 있게 지원하는 폐와 근육 역할이다.

1년에도 수십, 수백 개의 민관 협력 프로젝트가 발족하지만 독도 해저 자원 개발은 시작부터 남달랐다.

독도의 자원을 개발한다는 것 자체가 어마어마한 사건이다.

그렇기에 잡음이 일어날 수도 있었지만, 실무진 차원에서 호흡이 척척 맞았다.

김도현 교수는 가스 하이드레이트 사업단과 잘 아는 사이였고, 임동혁은 최치우의 말이라면 무조건 믿고 따랐다.

최치우가 양지와 음지에서 리더십을 발휘해 다툼이 발생할 여지를 죽여놓은 것이다.

원래라면 중요한 고비마다 훼방을 놓기 일쑤인 공무원과 고위 관료들도 찍소리를 못했다.

독도 자원 개발에는 온 국민의 관심이 집중된다.

여기서 실수를 하거나 어설픈 모습을 보이면 분노한 여론이 불처럼 타오를 것이다.

때문에 장관, 차관을 비롯한 고위 공무원들이 알아서 몸을 사렸다.

그들이 나서지 않으니 일이 빠르게 진행될 수밖에 없었다.

원래 높은 자리의 관료들은 가만히 있는 게 가장 큰 도움이 된다.

핵심 기술과 노하우, 열정, 그리고 든든한 자금줄이 있으니 프로젝트는 급물살을 탔다.

서울대 공대 대강당에서 열리는 발족식은 사실상 중간 성과 보고라고 해도 과언이 아니었다.

발족이라고 하기에는 이미 상당 부분 프로젝트가 진척 중이기 때문이다.

"해양수산부 주형곤 장관님의 축사가 있겠습니다."

공중파 TV 아나운서 출신의 사회자가 행사를 진행하고 있다.

어느 행사나 그렇듯 장관의 축사는 지루하기 짝이 없다.

그러나 최치우는 은은한 미소를 머금은 채 자세를 바로 하고 앉아 있었다.

그의 옆에는 이시환을 비롯해 미래 에너지 탐사대 멤버들이 나란히 앉았고, 김도현 교수도 함께했다.

김도현 교수 역시 행사에서 주목을 받는 자리를 사양했다.

사실 그는 대외적으로 독도의 해저 자원 개발을 이끄는 중심인물이다.

그렇기에 장관 옆자리에 앉고 축사에 답사로 화답하며 카메라 세례를 받아도 절대 오버가 아니었다.

　하지만 김도현 교수는 신문에 사진이 실리는 데 큰 관심이 없었다.

　어차피 기자들도 다 알고 있다.

　해양수산부 장관이나 서울대 공대 학과장 등은 저물기 직전의 태양이라는 것을.

　이제 막 떠오르거나 중천에서 이글이글 타오르는 사람들은 굳이 나설 필요가 없다.

　실제로 일을 만들고 실행하는 것이 모두 그들의 몫이다.

　"분위기 좋네요, 교수님. 기자들도 많이 왔고."

　최치우가 김도현 교수에게 귓속말을 전했다.

　김도현은 고개를 끄덕이며 천천히 대답했다.

　"한영그룹 주가도 이틀 사이 많이 올랐다고 하더군요."

　"국민뿐 아니라 외국 투자기관도 이번 프로젝트에 기대가 큰 것 같습니다."

　"시작만큼 끝이 좋아야 할 텐데……."

　"걱정하지 마십시오, 교수님. 끝까지 잘될 겁니다."

　"그래요. 난 치우 군만 믿고 있어요."

　행사에 참석한 다른 사람들이 들으면 깜짝 놀라 뒤집어질 대화였다.

　김도현 교수는 까마득하게 어린 학부 신입생 최치우에게 전적으로 의지하고 있었다.

미래 에너지 탐사대의 막내가 실세이자 인재라는 소문이 암암리에 퍼졌지만, 이 정도 위상일 줄은 누구도 상상하지 못할 것이다.

그때 해수부 장관과 서울대 공대 학과장에 이어 한영그룹을 대표해 임동혁이 단상에 올랐다.

그는 마이크 앞에 서서 기자들을 노려보듯 눈을 크게 떴다.

"긴말하지 않겠습니다. 독도 인근 해역에 묻힌 메탄 하이드레이트 개발에 한영그룹과 저의 미래를 걸었습니다. 나아가 이번 프로젝트가 대한민국의 새로운 미래를 개척하는 디딤돌이 됐으면 합니다. 앞으로 세계는 대체 에너지와 신자원을 개발하는 국가가 주도권을 잡게 될 겁니다. 그 선두에 우리의 조국 한국이 서 있기를 바랍니다. 한영그룹은 한 알의 밀알이 되겠습니다."

짧지만 굵고 강렬한 멘트였다.

아마 임동혁 휘하의 한영그룹 전략본부에서 최고의 두뇌들이 며칠 밤을 새우며 작성한 원고일 것이다.

임동혁은 30초 만에 좌중을 휘어잡는 데 성공했다.

미친놈이긴 해도 그의 능력과 카리스마는 인정할 수밖에 없었다.

최치우는 단상에 선 임동혁을 똑바로 쳐다봤다.

마침 임동혁도 자리에 앉아 있는 최치우를 바라보고 있었다.

두 사람의 시선이 얽혔다.

언론은 임동혁의 사자후를 대서특필할 것이고, 한영그룹 후계자로서 그의 존재감은 점점 커질 것이다.

하지만 임동혁은 막상 하는 게 거의 없다.

그저 최치우라는 복권을 알아보고 호기롭게 돈을 걸었을 뿐이다.

임동혁 역시 그러한 사실을 잘 알고 있었다.

자신은 무대 위의 광대이고, 뒤에서 연극을 움직이는 건 고작 스무 살에 불과한 최치우라는 점을 잊지 않았다.

찡긋—

임동혁이 남들 모르게 최치우를 보며 한쪽 눈을 깜박였다.

나름대로 친한 척을 하며 사인을 준 것이다.

최치우는 피식 웃으며 고개를 돌렸다.

온 국민이 독도를 주목하고 있다.

일본은 미국을 동원해 전방위적 압박을 가하기 시작했다.

그러나 칼을 뽑은 우리 정부는 뚝심 있게 프로젝트를 추진했다.

정권 말기, 지지율이 떨어진 상황에서 독도의 자원 개발은 정치적 승부수가 됐다.

외교적 손해를 감수하더라도 밀어붙일 가치가 충분했다.

게다가 정부 돈은 얼마 쓰지도 않는다.

성공의 가능성만 보여줘도 남는 장사이니 뛰어들지 않을 이유가 없었다.

각자 다른 야망과 목표가 서울대 공대 강당을 뜨겁게 채우고 있었다.

최치우는 조용히 앉아 행사에 참석한 주요 인물들을 눈여겨보며 흐름을 살폈다.

그는 진정 국가 단위 개발 사업의 보이지 않는 손이 되어가고 있었다.

*   *   *

"어땠어요, 오늘 내 연설?"

임동혁이 샴페인 잔을 들고 가까이 다가왔다.

발족식이 끝나고 서울대 공대에서는 귀빈들을 위해 만찬을 열었다.

대강당 뒤편에 호텔 출장 뷔페를 불러 제법 그럴듯하게 연회 분위기를 낸 것이다.

물론 한영그룹의 자금으로 서울대 공대가 생색을 내는 것이다.

최치우는 임동혁을 쳐다보고 곧바로 대답하지 않았다.

같이 서 있던 이시환과 미래 에너지 탐사대의 대학원생 선배들에게 먼저 양해를 구했다.

"시환이 형, 선배님들, 잠깐 이야기 좀 나누고 오겠습니다."

"어? 어, 그, 그래."

이시환과 대학원생들이 눈을 동그랗게 뜨고 고개를 끄덕였다.

그들은 프로젝트의 자금을 지원하는 물주인 임동혁을 어려워했다.

재벌 2세이자 대기업 후계자이니 보통 사람은 쉽게 생각하기 힘든 게 당연했다.

그런데 임동혁이 최치우에게 살갑게 굴고, 최치우는 마치 그를 귀찮다는 듯 대하는 모습이 놀라운 것이다.

조금씩 조금씩 F.E 멤버들도 최치우의 진가를 알아가고 있었다.

그가 단순히 운 좋게 합류한 막내 신입생이 아니라는 것을 다들 체감하는 중이다.

"연설이라기엔 너무 짧지 않았습니까?"

최치우는 사람들과 거리를 두고 시니컬하게 대답했다.

그의 반응을 예상한 듯 임동혁이 작게 웃음을 터뜨렸다.

"하하, 최치우 씨에게 칭찬받는 거, 우리 영감한테 칭찬받는 것만큼 어렵군요."

임동혁이 언급한 영감은 다름 아닌 그의 아버지이자 한영그룹의 회장이다.

최치우의 눈빛이 달라졌다.

"한영그룹 주가가 많이 올랐으니 회장님도 좋아할 것 같습니다."

"그렇지. 영감들한테 세상에서 제일 중요한 게 회사 주가니까. 덕분에 나도 어깨에 힘 좀 들어갔고."

"다행이네요. 프로젝트가 잘 마무리되려면 한영그룹의 전폭적인 지원이 필요한데."

"그 점은 걱정 안 해도 됩니다. 그리고⋯ 알고 있겠지만, 절대 나 혼자 열매를 따 먹지는 않겠습니다."

임동혁이 의미심장한 약속을 했다.

최치우는 그가 무슨 이야기를 하는지 알고 있었다.

미래 에너지 탐사대는 서울대 공대를 대표해서 독도 해저 자원 개발 프로젝트를 이끈다.

그렇기에 메탄 하이드레이트 채취에 성공해도 F.E 몫의 상업적 이익은 서울대학교로 귀속 된다.

물론 프로젝트 참여자들은 일정 수준 이상의 연구비를 받고 만만치 않은 성과금과 커리어를 쌓을 것이다.

그러나 사실상 유전을 터뜨리는 일에 비하면 개개인에게 돌아갈 물질적 보상은 미비한 셈이다.

임동혁은 그 부분을 책임지겠다고 약속했다.

한영그룹은 민간 투자사로서 막대한 이익을 고스란히 챙길 수 있다.

그 외에도 그룹 이미지 개선과 각종 국가 개발 사업에서의 우선권 등 엄청난 전리품을 챙길 여지가 무궁무진하다.

그렇기에 임동혁이 마음만 먹으면 최치우를 얼마든지 대우해 줄 수 있는 것이다.

"나는 이 프로젝트가 잘되면 그걸로 만족할 생각이 없습니다. 후계자로서 지위를 확실히 인정받은 상태에서 더 심장 뛰는 일에 도전해야죠. 최치우 씨 없이는 안 됩니다."

임동혁은 독도 개발 이후를 바라보고 있었다.

혼자서 독도 개발의 물꼬를 트고 프로젝트를 궤도에 올린 최치우라는 미스터리한 인물을 놓치고 싶지 않았다.

굳이 해주지 않아도 될 보상을 약속하는 것도 최치우의 마음을 사로잡기 위함이다.

물론 독도 개발이 실패로 돌아가면 모두 없던 일이 된다.

하지만 적어도 임동혁은 눈앞의 이익에만 급급한 소인배는 아닌 것 같았다.

어쩌면 단순한 돈보다 짜릿한 도박과 승부를 더 좋아하는 아드레날린 중독자이기에 계속해서 최치우와 함께 무모한 도전을 하고 싶은 건지도 모른다.

최치우는 묘한 표정을 지으며 여유롭게 입을 열었다.

"나중 일은 나중에 가서 이야기해도 늦지 않습니다. 지금은 독도에만 집중하는 게 좋겠습니다."

그는 곧바로 확답을 주지 않았다.

재벌 2세가 뭐든 해주겠다며 환심을 사려 해도 적당히 거리를 뒀다.

그러면 그럴수록 임동혁은 더더욱 애가 타게 마련이다.

사람들은 모르겠지만 어느 순간 이후로 최치우가 갑이고 임동혁이 을이 된 지 오래였다.

"손님이 오네요. 다음에 다시 이야기하죠."

최치우는 자신에게 다가오는 또 다른 사람을 확인하고 대화를 끊었다.

임동혁의 얼굴에는 뭔가 아쉬운 표정과 재밌어 죽겠다는 표정이 절반씩 섞여 있다.

"오! 자네가 에너지자원공학과의 최치우 학생인가?"

호방한 인상의 중년인이 대뜸 악수를 청해왔다.

최치우는 살짝 목례를 했다.

독도 해저 자원 개발 프로젝트의 발족식과 만찬에 참석한 사람들은 하나같이 거물급이다.

중년인도 나름 한가락 하는 사람인 것 같았다.

"처음 뵙겠습니다. 최치우입니다."

"김 교수님께 이야기는 많이 들었지. 우리 사업단 사람들한테도. 나는 해수부 차관보 김기훈일세."

차관보라는 말에 뒤돌아서 다른 쪽으로 걸어가던 임동혁이 멈칫했다.

1급에 해당하는 차관보는 임명직과 선출직을 제외하고 일반 공무원이 올라갈 수 있는 가장 높은 자리이다.

장관과 차관이 얼굴마담이라면 실제로 해수부를 장악하고 업무를 돌아가게 만드는 사람은 차관보라 해도 과언이 아니다.

김기훈이 최치우의 어깨를 두드리며 말을 이었다.

"회의에 참석한 우리 부서 사람들이 자네 칭찬을 닳도록 했네. 이름을 도저히 잊어먹을 수 없을 지경이야."

"아닙니다. 해수부와 가스 사업단 선배님들 덕분에 제가 많이 배우고 있습니다."

최치우는 뜻밖의 극찬에도 우쭐하지 않고 겸손한 태도를 보였다.

김기훈은 그런 모습이 더 마음에 든 듯 호쾌하게 고개를 끄덕거렸다.

"자네 같은 인재야 졸업 후 뭘 해도 하겠지만, 혹시 공직에 관심이 있거든 해수부로 왔으면 좋겠네. 물론 욕심인 거야 잘 알지만. 허허."

전국의 수많은 취준생들이 들으면 눈이 뒤집힐 소리이다.

농담이든 진담이든 1급 공무원인 차관보로부터 욕심나는 인재라는 소리를 듣는 대학생이 몇이나 되겠는가.

하지만 말을 꺼낸 김기훈도 알고 있었다.

남들 눈에는 행시에 합격한 5급 공무원이 대단해 보여도 최치우를 담기엔 한없이 작은 그릇이라는 사실을.

그렇기에 김기훈이 욕심이라고 몇 번이고 강조한 것이다.

"좋게 봐주셔서 감사합니다."

"계속해서 프로젝트에 중추적인 역할을 해주게. 김도현 교수님을 잘 보좌하면서 말이야."

"최선을 다하겠습니다."

김기훈 차관보는 최치우가 실질적으로 미래 에너지 탐사대를 이끄는 존재라는 것까지는 몰랐다.

주요 실무진 회의에 참석하는 핵심 인재라고 전해 들었을 뿐이다.

학부생이 국가적 프로젝트에서 중심인물로 인정받는 것도 대단한 일이다.

그렇기에 차관보가 이름을 기억하고 특별히 인사를 건넨 것이다.

최치우는 먼저 자신을 드러내지 않았지만, 이미 주머니 속 송곳이 되고 있었다.

아무리 감추려 해도 진짜 인재는 어떻게든 이름이 알려지게 마련이다.

최치우는 물밑에서 주목을 받으며 알음알음 이름값을 키우고 있었다.

여전히 빙산의 일각만 알려졌을 뿐이기에 그의 진면목이 밝혀지면 세상이 뒤집힐 것이다.

전무후무한 영웅이 개척해 나갈 새로운 시대가 성큼성큼 다가오고 있었다.

거대한 시추 기계가 독도 인근 해역에 우뚝 세워졌다.

한국은 어엿한 선진국이고, 기술력 부문에서 항상 세계 선두 그룹에 속해 있다.

해저 시추 자체는 원래부터 큰 문제가 아니었다.

해수부 산하의 가스 하이드레이트 사업단은 10년 넘게 독도 인근 해역을 연구해 왔다.

다만 결정적인 키 역할을 할 핵심 기술의 부재가 뼈아팠고, 최치우와 김도현 교수가 해결사 노릇을 한 것이다.

미래 에너지 탐사대의 독도 연수를 도와준 정기석은 감격을 금치 못했다.

남자답게 생긴 그는 시추 기계가 설립되는 현장에서 눈물을 글썽거렸다.

2005년 발족된 가스 하이드레이트 사업단의 초대 단장으로 얼마나 마음고생이 심했을지 안 봐도 비디오다.

오죽하면 고문으로 물러나서도 인생을 독도에 바쳤다고 할 정도이겠는가.

"교수님, 정말 이게 꿈인지 생시인지 모르겠습니다. 죽기 전에 이런 날을 보게 되다니……."

정기석이 커다란 손으로 김도현 교수의 하얀 손을 덥석 부여잡았다.

사업단의 다른 연구원들도 정기석만큼은 아니지만 감동한 표정이다.

그동안 끝이 보이지 않는 마라톤을 해오고 있었다.

지쳐서 포기한 연구원도 적지 않았다.

그런데 전혀 뜻밖의 기회가 주어진 것이다.

사업단과 미래 에너지 탐사대 사이에 알력 다툼은 벌어지지 않았다.

미래 에너지 탐사대가 핵심 기술을 개발하고, 한영그룹의 후원을 성사시키지 않았다면 사업단은 여전히 안갯속에 있었을 터이다.

그렇기에 정기석을 비롯한 사업단의 연구원, 직원들은 미래 에너지 탐사대를 프로젝트의 주축으로 인정했다.

뿐만 아니라 자신들의 목표를 이뤄준 은인으로 여기는 분위기였다.

최치우는 뿌듯한 기분을 느끼며 배 위에서 시추 기계를 쳐다보고 있었다.

이제 그는 김도현 교수와 함께 매일매일 수집되는 시추 데이터를 분석하고 핵심 기술이 제대로 작동하도록 체크하는 일을 하면 된다.

현장을 조율하는 컨트롤 타워 역할을 맡은 셈이다.

매일 배를 타고 바다 가운데로 출퇴근을 하고 때로는 시추 기계에서 당직을 서는 손발 역할은 주로 가스 하이드레이트 사업단이 맡게 됐다.

한영그룹은 그 모든 과정에 소요되는 막대한 예산을 처리하고 독도 해저 자원 개발의 홍보를 담당했다.

민간과 학계, 정부가 각자의 장점을 살려 시너지 효과를 내려는 것이다.

최치우는 민관 협력 사업이 어떻게 돌아가는지 모르지만, 사람들 말에 의하면 이만큼 팀플레이가 좋은 프로젝트도 드물다고 한다.

어쩌면 드러나지 않은 막내로서 이런 대규모 사업을 경험하는 게 최치우에겐 더없이 소중한 경험이 될지 모른다.

서로 다른 조직을 어떻게 통합해서 운영하는지 보고 배울 기회였다.

"최치우 학생, 예전에 왔을 때부터 눈여겨봤지만 김 교수님 도와서 대단한 일을 하고 있다고 들었습니다. 앞으로도 잘 부탁하겠습니다."

정기석은 최치우에게도 다가와 악수를 청했다.

최치우는 반갑게 그의 손을 잡았다.

독도에서 이시환이 위기에 처하고 그를 구하며 동해 바다에 빠졌다가 깨달음을 얻던 순간이 떠올랐다.

생각해 보면 독도는 늘 최치우에게 선물만 안겨준 것 같다.

"현장에서 고생하실 사업단의 역할이 가장 중요합니다. 많이 배우겠습니다, 단장님."

"어린 친구가 이리 말도 잘할까. 아무튼 큰 인물 나겠습니다, 교수님."

정기석이 웃음을 터뜨리며 김도현을 바라봤다.

김도현 교수는 흐뭇한 표정으로 말없이 고개를 끄덕일 따름이다.

"앞으로 한 달 안에 성과를 내겠습니다, 교수님."

"너무 서두르실 필요는 없습니다. 첫 시추 작업에서 지반에 무리를 가하면 후속 작업이 어려워질 수도 있습니다."

"저희는 고마 교수님과 탐사대 지시만 착실히 따르겠습니다. 걱정하지 마십시오."

정기석이 사뭇 믿음직스럽게 대답했다.

최치우는 남몰래 고개를 끄덕였다.

'이대로라면… 우리 프로젝트가 실패할 확률은 거의 없다. 반드시 성공한다.'

기술과 지원, 팀워크까지 모든 게 갖춰졌다.

최치우의 손끝에서 시작된 프로젝트가 대한민국의 미래를 밝힐 날이 머지않은 것 같았다.

*   *   *

"누나!"

최치우가 길 건너편에서 반가운 얼굴을 발견하고 손을 흔들었다.

환하게 웃으며 횡단보도를 건넌 그는 기쁜 마음을 감추지 못했다.

재충전을 위해 일본으로 떠난 문지유가 돌아왔기 때문이다.

그녀는 처음엔 짧은 여행을 다녀왔을 뿐이었다.

하지만 도쿄의 매력에 빠졌는지 짐을 싸고 꽤 오랫동안 머물렀다.

그러다 몇 달이 지나서야 다시 최치우 앞에 나타난 것이다.

물론 틈틈이 연락을 주고받았지만 직접 얼굴을 본 건 무척 오랜만이다.

"잘 지냈어, 치우야?"

내성적인 성격의 문지유가 부끄러운 듯 웃으며 입술을 달싹였다.

확실히 환경이 달라져서인지 그녀에게서 묘하게 일본 여자 분위기가 풍겼다.

살도 좀 빠지면서 훨씬 여성스러워진 것 같았다.

"나야 잘 지냈지. 누나는 일본이 완전 좋았나 봐요?"

"자극을 많이 받았어. 정말 그림 잘 그리는 사람들이 많아서… 나도 더 열심히 해야겠다고 생각했어."

"이미 엄청 잘 그리면서."

"아니야. 솔직히 치우 네가 아니었으면 난 여전히 알바하면서 습작생으로 남았을 거야."

문지유가 고개를 가로저으며 천천히 말했다.

최치우는 그녀를 데리고 식당으로 들어갔다.

김이 모락모락 올라오는 파스타와 피자를 테이블에 놓고 두 사람의 대화가 이어졌다.

"리얼 헌터 시즌 2, 최선을 다해서 명작으로 만들게."

"누나가 준비되면 언제든지 시작하면 되니까 너무 부담 가질 필요는 없어요."

"시즌 1이 우연히 찾아온 행운이었다면 시즌 2는 내 손으로 의미 있게 만들어가고 싶어."

"스토리는 얼마든지 있으니까."

최치우가 씨익 미소를 지었다.

그의 머릿속에 리얼 헌터의 스토리는 무궁무진하게 남아 있다.

웹툰 작업은 최치우에게도 즐거운 일이었다.

아주 잠깐의 시간만 내서 쏠쏠하게 돈도 벌고 자신의 지난 삶도 기록으로 남길 수 있다.

무엇보다 수많은 독자들이 최치우의 전생 이야기에 열광하며 몰입하는 걸 지켜보는 재미가 가장 컸다.

이래서 한번 작가가 되면 마약처럼 창작 활동을 끊지 못하는 것 같았다.

"일본에 다녀오더니 각오를 단단히 다진 것 같은데, 너무 힘주지 말고 편하게 그려요."

"무조건 시즌 1보다 잘 그릴 거야. 스토리 못지않게 작화도 대단하다는 칭찬을 듣고 싶어. 꼭."

수줍음을 많이 타던 문지유가 한 사람의 작가로 깨어난 모양이다.

최치우는 그녀의 성장을 지켜보는 것이 흐뭇했다.

이전까지의 삶에서 그는 오직 자기 자신만을 생각했다.

그런데 이번 생에서는 문지유라는 사람을 발굴하고 어엿한 인기 작가로 키우는 데 도움을 주고 있다.

이런 즐거움 때문에 차원을 떠나 많은 명사(名師)들이 제자를 양성하는 것 같았다.

현실에서는 문지유가 누나지만 최치우는 그녀가 제자처럼 느껴지기도 했다.

그런 마음을 아는지 모르는지 문지유는 리얼 헌터 시즌 2에 대한 의지를 활활 불태우고 있었다.

"누나, 리얼 헌터 잘 끝내고 나면 나랑 더 죽이는 작품 같이 해요."

"벌써 다음 작품도 구상하고 있어?"

"리얼 헌터야 워낙 이야기가 많이 남아서 시즌 5까진 무난히 나오겠지만, 그다음 웹툰도 함께해야죠. 누나가 싫으면 어쩔 수 없고."

"아, 아냐. 너랑 계속할 수 있으면 나한테는 다시없는 행운인걸. 오히려 내가 부탁하고 싶은 입장이지."

문지유가 얼굴을 붉히며 말했다.

최치우는 그녀를 빤히 쳐다보며 목소리를 낮췄다.

"누나도 알겠지만 난 군대를 가야 되니까 그동안 리얼 헌터를 끝까지 만들고… 내가 제대할 쯤에는 완전히 새로운 웹툰을 시작하면 타이밍이 딱 맞겠죠?"

"군대……. 그렇구나. 내가 왜 그 생각을 못 했지?"

문지유는 아쉬움이 느껴지는 표정을 지었다.

마치 당장 최치우가 입대한다는 소식을 들은 사람 같았다.

최치우는 순진한 그녀의 모습에 가볍게 웃음을 터뜨리며 말을 이어갔다.

"아무튼 나 제대할 때는 새로운 이야깃거리가 많이 쌓일 것 같아요."

"어떤 스토리야?"

"내 이야기예요."

"응? 치우 네 이야기?"

"남미의 광산에서 정체불명의 금속을 캐내고, 사막에서 신기루가 아닌 미확인 에너지를 찾고, 그렇게 지구를 자원 고갈에서부터 구해내는 이야기. 어때요? 재밌을 거 같아요?"

"완전 신선한데? 한 번도 들어본 적 없는 유형의 히어로물인 거 같아. 근데 그게 어떻게 네 이야기가 되는 거야?"

"나중에 알게 될 거예요. 어쨌든 재밌다니까 다행이네."

최치우는 현생에서 자신의 삶을 웹툰으로 남길 생각이다.

언제 어느 때 육신과 영혼이 소멸할지 모른다.

그래도 이 세계에 족적을 남겼음을, 자신이라는 사람이 존재 했음을 알리고 싶었다.

무의미하게 살다가 이름도 없이 사라지고 싶지 않다는 욕망.

이것이야말로 강해지고 싶은 욕망이나 부와 명예를 좇는 야 망보다 더 강렬한 근원적인 영혼의 외침일지 모른다.

문지유는 그런 점에서 아주 소중한 파트너였다.

그녀 스스로는 모르고 있지만 최치우의 존재 의미를 기록하 는 관찰자이자 사관(史官) 역할을 맡았기 때문이다.

"다른 별일은 없었어? 대학 생활은 어때?"

"기대 이상으로 재밌어요. 이런저런 프로젝트도 많고 연애도 하고."

"연애? 여자 친구 생긴 거야?"

"아, 누나한테 말 안 했구나? 어쩌다 보니 같은 과에서 CC를 하게 됐어요."

최치우는 유은서를 떠올리며 미소를 지었다.

공대 여신으로 칭송을 받으면서도 틈만 나면 최치우에게 딱 달라붙어 안 떨어지는 유은서는 마치 비타민 같았다.

하지만 그의 연애 소식을 들은 문지유는 어쩔 줄을 모르는 표정이다.

"하긴, 너 같은 사람을 그냥 놔둘 리가 없지."

"에이, 그건 아니다. 일본에서는 별일 없었어요?"

"난 그냥 만화 보고… 그림 그리고……. 그러기만 했어."

문지유의 목소리에 감출 수 없는 아쉬움이 담겨 있었다.

최치우도 이제는 그녀가 어떤 감정을 느끼는지 조금은 알 것 같았다.

그러나 일부러 모르는 척 티를 내지 않았다.

문지유는 무척 매력적인 여자이다.

그렇지만 함께 웹툰을 만들며 영혼의 흔적을 기록하는 사람으로 남기고 싶었다.

어떻게 보면 언제든 헤어질 수 있는 연인보다 더 소중한 관계로 여기는 것이다.

"파스타랑 피자 다 식겠다. 많이 먹어요, 누나."

"응……."

약간 어색해진 분위기에서 식사가 계속됐다.

최치우는 그녀 모르게 속으로 다짐을 했다.

'내 삶을 기록하는 대신… 아주 오래도록 기억될 최고의 웹툰 작가로 만들어줄게요, 지유 누나.'

독도에서는 해저 시추를 위한 작업이 한창인 가운데 최치우는 일상의 여러 분야를 직접 챙기고 있었다.

*　　　　*　　　　*

새해의 태양이 떠올랐고, 최치우는 스물한 살이 됐다.

성인으로 보낸 지난 1년 동안 그는 남들이 10년을 집중해도 이루기 힘든 성과를 만들어냈다.

어머니에게 가게를 선물했고, 대형 포털 사이트에 웹툰을 연재해 인기를 끌었으며, 비공식적으로 한국에서 가장 싸움을 잘하는 남자가 됐다.

이게 전부가 아니다.

신입생이지만 세계적인 석학이자 전공 교수인 김도현을 자신의 팀으로 만들었다.

미래 에너지 탐사대의 비밀스러운 속사정을 들여다보면 최치우가 김도현 교수의 팀원인 게 아닌, 김도현 교수가 최치우의 팀원인 셈이다.

아직 세상에 알려지지 않은 팀 최치우는 막강한 소수 정예 진용을 갖추고 있었다.

반쯤 미쳤지만 누구보다 냉정하고 치밀한 한영그룹의 후계자 임동혁이 있고, 이제 한국에서 두 번째로 싸움을 잘하는 리키 김이 최치우를 사부로 받들어 모신다.

이시환을 비롯해 대학원생 선배들도 알게 모르게 최치우의 마력에 빠져들며 굳건한 팀워크를 형성하고 있었다.

독도 해저 자원 개발 프로젝트로 인연을 맺은 해수부와 가스 하이드레이트 사업단 사람들도 언제 어느 때 최치우의 팀원이 될지 모른다.

착착 진행되고 있는 프로젝트만큼이나 최치우는 미래를 향한 준비를 해나갔다.

인위적으로 만든 게 아니다.

자연스레 사람들이 그의 주변으로 모이고 있었다.

이러한 에너지를 어떻게 활용할지, 무엇을 위해 지구에서의 삶을 바칠지 최치우는 어느 차원에서보다 진지하게 인생을 마주하기 시작했다.

그의 고민과 열정이 어떤 결과를 만들어낼지 누구도 짐작하지 못한다.

분명한 것은 지구라는 행성에 살아가는 모든 인류에 영향을 끼치리란 사실이다.

강인한 영혼으로 차원을 떠돌아온 최치우는 이 세상에서 새로운 전기를 맞이하고 있었다.

7장

일본과의 악연

"음식 놔두고 뭘 그렇게 봐?"

최치우가 맞은편에 앉은 유은서에게 물었다.

어느덧 서울대 에너지자원공학과의 핫한 공식 커플로 떠오른 두 사람은 모처럼 데이트를 즐기는 중이다.

최치우는 한옥으로 만들어진 삼청동의 이탈리안 레스토랑을 예약했다.

오랜만의 데이트라 나름 신경 쓴 것이다.

그런데 음식이 나왔는데도 유은서는 뚫어져라 스마트폰만 쳐다보고 있었다.

"아, 미안해. 내가 진짜 좋아하는 웹툰이 새로 나왔거든."

"웹툰?"

"응. 리얼 헌터라고 있어. 시즌 1 끝나고 몇 달 쉬더니 이번에 드디어 시즌 2가 나온 거 있지?"

최치우는 웃음을 삼킬 수밖에 없었다.

그러고 보니 신입생 MT를 가는 버스 안에서 유은서가 리얼 헌터 이야기를 했다.

그때부터 눈여겨보게 됐고, 술 게임에서 흑기사를 해주며 호감을 쌓았다.

최치우의 전생을 담은 웹툰 리얼 헌터가 유은서와 인연을 이어준 오작교 역할까지 한 셈이다.

"그게 그렇게 재밌어?"

그는 짐짓 아무것도 모르는 척 유은서를 떠봤다.

작가 입장이 되면 자기 작품에 대한 칭찬은 아무리 들어도 질리지 않는다.

특히 여자 친구가 해주는 칭찬이라면 더더욱 달콤할 수밖에 없다.

유은서가 큰 눈을 깜빡이며 당연하다는 듯 대답했다.

"너도 한번 봐. 난 원래 로맨스밖에 안 보는데 이건 진짜 재밌어. 스토리도 좋고, 그림도 시즌 1보다 훨씬 잘 그린 거 같아."

"그래?"

최치우는 속으로 문지유가 좋아하겠다고 생각했다.

일본에서 돌아온 그녀는 각성한 듯 나날이 발전된 작화 실력을 보여주고 있었다.

"하긴, 치우 너는 바쁘니까 웹툰 볼 시간 없을 거 같아."

"왔다 갔다 하면서 폰으로 보면 되지."

"그래도 넌… 이번에 독도 해저 자원 개발 프로젝트에도 참가하고 있고, 보통 학생 같지가 않아서 이런 걸 안 좋아할 거 같아."

"에이, 그것도 편견이다. 나도 똑같이 게임 좋아하고 만화도 좋아하고 그래."

최치우는 대학에 입학하자마자 특별한 행보를 했다.

미래 에너지 탐사대가 발족하고, 국가 단위의 독도 개발 사업까지 맡게 된 이상 그를 평범한 대학생으로 생각하는 사람은 많지 않았다.

그러나 가까운 사람들에게는 언제나 편안한 사람이고 싶었다.

예전의 그는 독보적 강자로 군림하는 것을 추구했다.

천상천하 유아독존이야말로 치우를 설명하는 말이었다.

하지만 지금은 일상에서 소소한 행복을 느끼며 소중한 사람들과 함께 보내는 시간의 의미를 깨닫는 중이다.

어쩌면 이런 모습이 다른 차원에서의 전생과 가장 달라진 점일지도 모른다.

"다음엔 같이 학교 앞에 있는 만화방 가볼래?"

"만화방? 그런 곳도 있어?"

"응, 완전 깨끗하게 카페 형식으로 바뀌어서… 커피도 팔고 라면도 팔고 그래. 너랑 같이 가면 재밌을 거 같은데……."

유은서가 살짝 눈치를 보며 말했다.

그녀는 동갑이지만 국가 단위 개발 사업에 참여하는 최치우를 우러러보고 있었다.

남자로 좋아하는 동시에 동경하는 상대인 것이다.

그래서인지 최치우는 만화방이나 PC방 같은 곳을 안 좋아할 거라고 지레짐작했다.

하지만 최치우는 괜히 눈치를 살피는 유은서의 귀여운 모습에 웃음이 터졌다.

"하하, 가자. 만화방도 가고, 시환이 형이랑 우르르 당구도 치러 가고, 남들 하는 거 다 하면서 데이트하자."

별것 아닌 말이지만 여자는 원래 사소한 부분에서 감동하는 법이다.

유은서는 최치우를 빤히 바라보며 얼굴을 붉혔다.

"이제 웹툰 다 봤지? 그럼 얼른 밥 먹어. 파스타랑 피자는 식으면 맛없다."

최치우가 남자답게 유은서를 챙겼다.

아주 작은 친절에도 기대 이상으로 좋아하는 그녀의 모습을 보는 게 즐거웠다.

유은서만큼은 아니지만 최치우 역시 그녀를 아끼고 있었다.

"어?"

그런데 폰을 놓으려던 유은서가 깜짝 놀란 표정을 지었다.

최치우도 신경을 쓸 수밖에 없었다.

"왜 그래? 무슨 일 있어?"

"웹툰 끄려고 하는데 갑자기 속보라면서 뉴스 팝업이 떴어. 근데 이게……."

"무슨 뉴스인데?"

"일본이 한국의 독도 해저 자원 개발을 비판하며 좌시하지 않겠다는 뉴스야. 이거 좀 심각한 거 같아, 치우야."

유은서가 자신의 스마트폰을 최치우에게 건넸다.

최치우는 딱딱하게 굳은 얼굴로 폰을 받아 뉴스를 읽었다.

"간단한 문제가 아니네."

뉴스 내용은 최치우의 예상보다 훨씬 심각했다.

일본 정부가 독도 해저 자원 개발을 환영할 리는 없다.

그들은 프로젝트의 발족식 이후 외무성을 통해 반대 성명을 여러 차례 발표했다.

독도 인근 해역에 시추 기계를 세우자 주한 일본대사를 본국으로 초치하기도 했다.

외교관을 불러들이는 것은 꽤나 강경한 레벨의 항의 표시다.

그럼에도 불구하고 우리 정부는 흔들리지 않았다.

정권 말기 레임덕을 극복하기 위해 독도 해저 자원 개발을 대대적으로 홍보했기 때문이다.

국민 여론도 압도적으로 개발 사업에 호의적이었다.

외교부에서는 지난 수십 년에 걸친 독도 분쟁처럼 이번에도 일본이 제풀에 꺾일 거라고 판단했다.

그런데 어쩌면 너무 나이브하게 생각한 것인지도 모른다.

유은서를 통해 확인한 뉴스에 의하면 일본 정부가 독도 인근 해역으로 해저 연구함을 보낼 계획이라고 한다.

해저 연구함이 출항하면 해상 자위대가 경호를 하게 된다.

즉 일본의 막강한 해군력을 앞세워 무력시위를 하겠다는 뜻이다.

"치우야, 너 다음 주에 독도 현장 나간다고 했지? 위험할 거 같은데 안 가면 안 될까?"

유은서가 걱정 어린 얼굴로 물었다.

최치우는 개강 전 마지막 현장 답사를 다녀올 예정이다.

아직 한겨울이나 다름없는 2월의 동해가 한층 더 차갑게 얼어붙을 것 같았다.

최치우는 말없이 유은서의 새하얀 손을 꼭 잡았다.

어쩐지 어려운 일이 너무 쉽게 술술 풀리는 경향이 있었다.

세상을 바꾸려면 세상과 맞서 싸워야 한다.

그는 겁을 먹지 않고 전의를 불태웠다.

대한민국의, 그리고 인류의 미래에 보탬이 될 첫 번째 프로젝트를 끝까지 지켜내겠다는 의지는 여전했다.

*　　　　*　　　　*

최치우는 예정대로 움직였다.

일본의 무력 도발이 우려되는 상황이라고 해서 겁먹지 않았다.

사실 그의 어머니도 뉴스를 보고 최치우의 독도행을 만류

했다.

만에 하나 위험한 상황에 처할까 봐 염려하신 것이다.

하지만 최치우는 차분한 말투로 어머니를 설득했다.

미래 에너지 탐사대가 주도해서 시작된 프로젝트이다. 아무리 학생이라고 해서 위험할 때 뒤로 빠지는 건 사람의 도리가 아니다.

이와 같은 말에 결국 어머니도 수긍하고 고개를 끄덕였다.

어느 순간부터 완전히 달라진 모습으로 성장한 아들은 더 이상 어린아이가 아니었다.

이제는 국가를 위해 일하는 인재로 훌쩍 커버렸다.

어머니는 배낭을 메고 집을 떠나는 아들의 뒷모습을 바라보며 손을 흔들어주셨다.

최치우가 무사히 돌아올 때까지 마음 졸이며 기도하실 것이다.

평범하지 않은 아들을 둔 것이 마냥 좋은 일만은 아니다.

그만큼 걱정하고 애태울 일이 늘어난다.

"금방 돌아올게요. 개강하기 전에 근교로 같이 바람 쐬러 가요, 어머니."

"그래야지. 꼭 그래야지."

최치우는 어머니와의 약속을 떠올리며 차에 탔다.

김도현 교수는 이미 현장에 내려가 있다.

이시환과 대학원생 멤버들은 상황이 안정되면 움직일 예정이다.

문제는 독도 해역을 오가며 시추 작업을 하고 있는 가스 하이드레이트 사업단 사람들이다.

일본의 무리수로 가장 위축될 당사자들이었다.

최치우는 정기석과 사업단 사람들이 씩씩하게 자기 역할을 해내고 있으리라 믿었다.

그러면서도 마음 한구석으로는 걱정이 될 수밖에 없었다.

"여어, 사부!"

최치우를 태운 버스가 항구에 멈춰 섰다.

그가 버스에서 내리자 우렁찬 목소리가 울렸다.

조금 일찍 항구에 도착한 리키가 싱글벙글 웃으며 다가오는 게 보였다.

"리키, 그동안 잘 지냈죠?"

"사부가 가르쳐 준 나한극, 죽어라 연습하고 있었습니다. 이제 제법 잘됩니다."

리키가 커다란 손으로 수도(手刀)를 만들었다.

최치우는 그에게 내공을 배제한 외공 기술을 전수해 줬다.

대신 리키는 최치우를 사부라 부르며 이런저런 부탁을 들어 줬다.

파이트 클럽에서 부딪친 전, 현직 비공식 대한민국 최강자들이 이상한 사제 관계가 된 것이다.

리키는 최치우의 무력이 상상을 초월한다는 걸 알고 있는 몇 안 되는 사람 중 하나였다.

그렇기에 존경과 흥미를 동시에 보이며 최치우의 곁에 머물고 싶어 했다.

최치우도 리키가 싫지 않았다.

도쿄대에서 큰 도움을 받았고, 필요할 때 언제든 요긴히 쓸 수 있는 비장의 카드였다.

무엇보다 순수하게 자신의 무(武)를 발전시키려는 모습이 마치 전생에서의 자신을 보는 것 같았다.

"배부터 탑시다. 밥은 울릉도 도착해서 먹고."

"굿, 굿. 사부 덕분에 재밌는 데 많이 가봐서 좋아요."

리키가 환하게 웃었다.

레게 머리를 출렁거리는 거구의 흑인 혼혈은 가만히 서 있어도 위압감을 자아낸다.

하지만 최치우는 리키가 얼마나 순진하고 재밌는 사람인지 잘 알고 있었다.

둘은 울릉도로 향하는 배에 올라탔다.

최치우에게는 익숙한 일이 됐지만, 리키는 뭐가 그리 신기한지 갑판과 객실을 오가며 바다를 구경했다.

"그런데 사부, 이번 미션은 뭡니까?"

한참을 산만하게 움직이다 의자에 앉은 리키가 질문을 던졌다.

도쿄대에서 리키는 난동을 부려 이목을 집중시켰다.

이번에도 그만한 미션이 주어질 거라 짐작한 것이다.

최치우는 옅은 미소를 지었다.

운동을 잘하는 사람은 공부는 못하더라도 머리는 빨리 돌아간다.

머리 회전이 뒷받침되지 않으면 치열한 운동의 세계에서 최고가 될 수 없다.

리키 역시 척하면 착 하고 알아듣는 눈치가 보통이 아니었다.

"이번에는 억지로 난동을 피울 필요는 없을 겁니다."

"그럼?"

"내가 어떤 일에 집중할 때… 다른 사람들이 내게 접근하지 못하도록 막아주면 됩니다."

"오케이, 아 갓 잇. 근데 울릉도랑 독도에 있는 사람들, 전부 사부랑 같은 편 아닙니까?"

"맞아요. 다 나랑 같은 편이지."

최치우는 단순하기 그지없는 리키의 말에 웃음을 터뜨렸다.

이렇게 세상을 심플하게 바라보는 게 부럽기도 했다.

그러나 리키는 여전히 이해하기 힘들다는 눈치였다.

최치우는 그가 알아들을 수 있게 설명을 덧붙였다.

"같은 편이니까 날 걱정하는 사람들이 많겠죠. 하지만 내가 뭔가에 집중할 때 끼어들면 여러 사람이 다칠 수 있습니다. 그래서 리키가 막아주길 원하는 겁니다."

"아하, 언더스탠드. 무슨 말인지 알겠습니다, 사부."

리키가 이해했다는 듯 고개를 끄덕였다.

최치우는 새삼 그의 한국어 실력이 많이 늘었다고 생각했다.

처음 만났을 때의 어색한 영어식 발음이 꽤 개선됐다.

뿌우우우!

뱃고동 소리가 울리며 커다란 유람선이 파도를 갈랐다.

다행히 오늘은 기후가 나쁘지 않았다.

최치우는 창문 너머로 잔잔한 바다를 쳐다봤다.

'절대 좋게 끝나진 않을 거다.'

그는 알 수 없는 대상에게 경고를 보냈다.

일본에서 출항시킨 해저 연구함은 우리 영해 근처를 기웃거리며 신경을 자극하는 중이다.

그 뒤편으로는 해상 자위대의 군함이 동행하고 있다.

한국 정부는 연구함이 영해를 침범할 시 발포하겠다고 경고했다.

하지만 연구 목적의 함선에 곧장 발포하는 건 쉬운 일이 아니다.

외교부와 국방부에서도 상황을 주시하며 골치 아파하고 있을 게 분명했다.

여러모로 독도 해저 자원 개발 프로젝트가 영향을 받을 수밖에 없었다.

일본도 막상 영해를 넘어 무력 도발을 할 생각까지는 없을 수도 있다.

다만 한국의 신경을 긁으며 독도 해저 자원 개발을 이슈화시키려는 것 같았다.

다시 한번 독도를 국제 분쟁 지역으로 각인시키려는 의도일 확률이 높았다.

어쨌거나 달가운 상황은 아니었다.

원래라면 시추 현황을 확인하기 위한 가벼운 독도행이 됐어야 한다.

그러나 일본의 도발과 최치우의 분노가 뒤얽혀 예상 못 한 사건이 터지게 생겼다.

잔잔한 동해 바다가 뜨겁게 들끓기 직전이다.

울릉도에는 상반된 공기가 흐르고 있었다.

독도 해저 자원 개발 프로젝트가 시작된 이후 울릉도 경기가 살아났다.

100명 가까운 개발단 인력이 울릉도에 상주하게 됐고, 언론사의 취재도 빈번해졌기 때문이다.

독도에 대한 관심이 높아지며 관광객의 수도 예년보다 늘어났다.

관광업에 종사하는 울릉도 주민들은 개발 사업을 반길 수밖에 없었다.

하지만 일본의 도발 수위가 높아지며 우려를 표하는 도민들도 있었다.

혹시라도 일본이 한국 영해를 침범하게 되면 울릉도의 평화가 깨질지도 모른다.

외부에서 볼 때는 엄살처럼 느껴질 수 있지만, 삶의 터전을 일구고 살아가는 사람들 입장에서는 작은 변화도 달갑지 않은

법이다.

그렇기에 개발단을 응원하는 분위기가 주를 이루는 가운데 마냥 환대하지만은 않는 도민들도 존재했다.

당연히 개발단 모두가 이해하고 넘어가야 할 문제였다.

최치우는 리키와 함께 울릉도에 도착해서 정기석으로부터 이런저런 설명을 들었다.

정기석은 울릉도 도민들의 숨은 마음까지 헤아리며 최치우가 알아야 할 것들을 상세히 일러줬다.

이전에도 몇 번 답사를 나왔지만, 정기석이 직접 붙어서 브리핑을 해주니 현장 분위기를 확실히 파악할 수 있었다.

"도민들의 걱정이 깊어지기 전에 해결을 봐야겠군요, 단장님."

최치우가 정기석을 바라보며 말했다.

정기석 역시 동의한다는 듯 고개를 끄덕거렸다.

"하지만 마땅한 해법이 없습니다. 정부에서는 외교적으로 풀어본다고 해도 이게 어디 쉽게 풀릴 문제겠습니까?"

"미국에서도 적극적으로 개입하긴 어렵겠죠."

"미국은 예전부터 한일 갈등에는 유보적 태도를 보였습니다. 무력 충돌로 이어지지 않는 한 크게 개입하지 않을 거 같습니다."

일본의 도발을 둘러싼 전문가들의 견해도 정기석의 말과 대동소이했다.

미국은 쉽게 나서지 않는다.

일본도 이번만큼은 만만히 물러서지 않을 것이다.

특별한 계기가 없는 이상 독도를 기점으로 한 대치 국면은 지속될 확률이 높았다.

문제는 그로 인해 울릉도 도민들, 또 한국 국민들이 받을 스트레스이다.

울릉도 베이스캠프에서 독도의 시추 기계를 오가며 개발 작업을 실행하는 전문 인력의 멘탈도 신경 써야 한다.

전문가들은 버틴다고 해도 그들의 가족이 불안감을 느끼면 곤란했다.

최악의 경우 개발단이 와해될 수도 있었다.

일본이 노리는 것도 그런 점이다.

독도를 국제 분쟁 지역으로 부상시키는 게 숨은 의도라면 개발단을 불안하게 만드는 건 겉으로 드러난 의도이다.

어느 쪽이든 한국 정부 입장에서는 껄끄러울 수밖에 없었다.

물밑에서 프로젝트를 추진하고 성사시킨 최치우 역시 언짢았다.

'너희들 뜻대로 돌아가게 놔둘 순 없지.'

숙소를 향해 걸어가는 최치우의 눈빛이 날카롭게 번뜩이고 있었다.

보통 사람보다 감각이 예민한 리키는 그의 변화를 눈치챘다.

최치우의 몸에서 마치 싸울 때처럼 사나운 투기가 흘러나왔기 때문이다.

"사부?"

리키의 부름을 들은 최치우는 그제야 기운을 다스렸다.

일본을 향한 분노가 밖으로 표출된 것이다.

"괜찮으십니까, 치우 학생?"

정기석도 최치우를 돌아봤다.

그는 리키처럼 놀라지는 않았다.

최치우가 무의식적으로 발산한 투기를 느낄 만큼 몸의 감각이 뛰어나지 않기 때문이다.

다만 배를 타고 온 최치우의 컨디션이 안 좋은 것으로 오해했다.

최치우는 고개를 저으며 미소를 보였다.

"아무렇지 않습니다. 그보다 숙소에 들어가면 현재 개발 상황에 대해서도 간략히 말씀해 주시겠습니까?"

"당연히 그래야지요. 김 교수님도 치우 학생에게 가능한 상세하게 설명을 드리라고 했습니다."

김도현 교수는 독도 인근 해역의 시추 기계에 나가 있었다.

그렇기에 시간이 조금 지나야 울릉도로 돌아올 것이다.

최치우는 김도현을 만나기 전까지 정기석에게서 사전 정보를 습득할 생각이다.

사실 정기석은 국내 해저 자원 개발 분야에서 손꼽히는 거물이다.

가스 하이드레이트 사업단의 초대 단장이었고, 지금도 고문으로 왕성하게 활동하는 중이다.

해수부에서 현장 대표로 내세운 사람도 다름 아닌 정기석이었다.

그런 위치에 있지만 이제 막 스물한 살이 된 학부생 최치우를 결코 얕잡아보지 않았다.

단순히 김도현 교수가 총애하는 학생이기 때문은 아니다.

지난여름, 첫 번째 독도 답사에서 최치우는 이시환을 구하다 동해 바다에 빠졌다.

절체절명의 순간, 자신보다 먼저 동료를 구하는 용기는 아무나 보여줄 수 없다.

게다가 풍랑이 거센 바다에서 기적적으로 살아 돌아온 것도 놀라운 일이었다.

그때부터 정기석은 최치우가 보통 인물이 아니라는 걸 느끼고 있었다.

뿐만이 아니었다.

최치우는 독도 해저 자원 개발 프로젝트의 중심인물로 김도현 교수와 함께 주요 회의에 참석했다.

참석만 하는 게 아니라 해저 시추에 필요한 핵심 기술을 제시하고, 난해한 부분에서 직접 설명을 덧붙였다.

그동안 꽉 막힌 부분이던 핵심 기술 문제를 해결한 일등 공신으로 실무진 사이에 소문이 났다.

나이와 경력의 한계를 스스로 뛰어넘은 것이다.

물론 융통성 없는 꼰대라면 여전히 최치우를 애송이 취급할 수도 있다.

그러나 정기석은 해저 자원 개발을 위해 일생을 바친 남자 중의 남자였다.

그는 김도현을 깍듯이 모시듯 최치우에게도 예의를 다했다.

때때로 어린 조카를 보듯 흐뭇한 시선을 던지기도 했지만, 한 명의 프로페셔널로 존중하는 티가 역력했다.

프로는 프로를 알아본다.

무림에서도 고수는 고수를 알아봤다.

어느 대륙, 어느 차원이나 마찬가지였다.

진짜 실력자는 결코 경거망동하지 않으며 남을 깔아보지 않는다.

정기석은 자기 분야에서 경지에 오른 사람다웠다.

"먼 길 왔으니 조금만 쉬고 밥부터 한술 뜨는 게 좋겠십니다. 개발 현황 브리핑은 식사 후에 해드리고, 끝날 때 되면 김 교수님도 울릉도로 돌아오실 거 같십니다."

"감사합니다, 단장님."

"감사는요, 무슨. 그럼 밥 맛있게 묵고 좀 이따 보겠십니다."

정기석이 너털웃음을 터뜨리고 나갔다.

최치우와 리키가 편히 쉴 수 있게 배려해 주는 것이다.

"사부, 난 뭘 하면 될까요? 텔 미 애니띵!"

"아직은 아무것도. 사고 안 치고 가만히 있으면 됩니다."

"그럼 한가할 때 나한극 응용 동작 더 가르쳐 줘야 합니다. 오케이?"

"그러죠."

"예쓰!"

리키는 어린아이처럼 기뻐했다.

그는 요즘 최치우에게 무공 기술을 전수받으며 조금씩 강해지는 걸 삶의 낙으로 여겼다.

최치우는 희희낙락하는 리키를 뒤로하고 짐을 정리했다.

아무에게도 말하지 않았지만, 이번에는 그저 개발단의 성과를 확인하기 위해 독도로 온 게 아니었다.

배낭을 풀고 짐을 정리하는 그의 눈빛이 다시 날카로워졌다.

아까처럼 투기를 뿜어내지는 않았지만, 눈동자에 한 자루 칼을 품은 것 같았다.

리키가 그의 눈을 봤다면 깜짝 놀랐을 것이다.

'어느 차원에서도, 그 누구도 내 앞을 가로막진 못했다. 여기서도 다를 건 없어.'

단신으로 제국을 멸망시킨 영혼의 본성이 깨어나고 있었다.

그를 분노하게 만든 대상은 누가 됐든 단단히 각오해야 할 것 같았다.

*　　　　*　　　　*

휘이이이이!

매서운 바람이 불고 있다.

아직 겨울의 한파가 물러나지 않았다.

서울도 마찬가지인데 파도치는 동해 한복판은 말할 것도 없었다.

특별히 기후가 나쁜 것은 아니었다.

하지만 늦겨울 동해의 칼바람은 원래 얼굴을 얼어붙게 만든다.

최치우는 갑판으로 나가는 문 앞에 서서 창문 너머 바다를 바라봤다.

어제 울릉도에 도착한 그는 정기석과 김도현에게 자세한 설명을 들었다.

다행히 해저 시추는 성공적으로 진행되고 있었다.

특별한 변수가 없다면 조만간 첫 번째 실물 채취에 돌입할 예정이다.

최치우가 도쿄대에서 가져온 핵심 기술은 한국 실정에 맞춰 업그레이드됐고, 머지않아 결실을 볼 일만 남았다.

남은 변수는 일본의 도발밖에 없었다.

현장에서 느낀 도발 수위는 생각보다 심각했다.

단순히 일본 정부의 주요 인사들이 언론 플레이를 펼치는 정도가 아니었다.

독도 인근 한국 영해의 경계선까지 일본의 해저 연구함이 출몰한다는 것이다.

물론 이따금 일본 연구함이 모습을 드러낸다는 소식은 서울에서도 접했다.

그런데 한국 해경이 경고 방송을 펼칠 만큼 영해 경계선 가까이 다가온다는 건 또 다른 문제였다.

일본의 해저 연구함은 해상 보안청 순시선을 부록처럼 달고 다닌다.

해상 자위대, 즉 일본 해군이 언제든지 개입할 여지가 있다는 뜻이다.

현재 일본은 절대로 먼저 군대를 동원할 수 없다.

오직 방어만을 위해서 병력을 쓰도록 헌법에 강제되어 있다.

그러나, 극우 정치인들이 지속적으로 헌법 개정을 위해 힘쓰고 있고, 빌미만 주어지면 내일이라도 태세를 변환할 것이다.

일본 해군의 군사력은 자타가 공인하는 아시아 최강이다.

그만한 해군력을 억누르고 있으니 어떻게든 명분을 찾기만 학수고대하는 게 당연했다.

그들에게 있어 한국의 독도 해저 자원 개발은 훌륭한 명분이었다.

현재 독도는 일촉즉발의 상황이라는 게 괜한 엄살이 아닌 것이다.

최치우는 모든 상황을 전해 듣고, 현장의 공기를 피부로 느낀 뒤 결심을 더욱 굳혔다.

그는 우리 영해의 경계 수역을 오가는 개발단 탐사선에 몸을 싣고 있었다.

가장 가까이에서 자기 눈으로 일본의 도발을 확인하기 위해서였다.

거의 매일 출몰하는 일본의 해저 연구함을 찾는 건 그리 어렵지 않았다.

최치우처럼 한계를 초월한 시각을 가진 사람이 아닌, 평범한 사람도 충분히 일본 연구함을 발견할 수 있었다.

우리 영해 너머 경계 수역에 하얀색 함선이 기웃거리는 게 보였다.

그 뒤로는 무장한 해상 보안청 순시선 석 대가 거리를 두고 있었다.

순시선이 석 대나 동행했다는 건 이례적인 일이다.

"리키, 내가 나가 있는 동안 아무도 못 올라오게 해줘요."

"노 프라블럼, 사부."

리키가 고개를 끄덕였다.

그는 최치우의 말이라면 죽는 시늉이라도 할 정도로 충성심이 깊어졌다.

나한극을 비롯한 무공 기술을 전수받으며 새로운 세상에 눈을 뜨고 있기 때문이다.

끼이익—

최치우는 망설임 없이 갑판으로 나가는 문을 열었다.

소리가 들리자 배 안의 사람들이 일제히 최치우를 쳐다봤다.

김도현과 정기석은 동행하지 않았기에 배 안에 최치우와 가까운 사람은 없었다.

"어? 어! 나가면 안 되는데!"

"학생! 바람이 많이 불어서 갑판은 위험해요!"

선원들이 걱정스레 목소리를 높였다.

하지만 최치우는 뒤를 돌아보지 않았다.

다시 닫힌 문 앞은 190㎝의 장신 리키가 든든히 지키고 있다.

"돈 워리, 가이스. 우리 사부가 잠깐 바람 쐬는 거니까 방해하지 맙시다. 오케이?"

"그, 그래도……."

선원들이 우물쭈물하는 사이, 최치우는 갑판 앞으로 걸어 나갔다.

그는 찬바람이 몰아치는 갑판에 홀로 서서 바다 너머를 주시했다.

일본 해저 연구함에서도 이쪽을 염탐하고 있을 것이다.

뜬금없이 갑판 위로 올라온 한 남자를 이상하게 여길지 모른다.

최치우는 두 손을 단전에 모으고 눈을 감았다.

흔들리는 배의 갑판 위에서 눈을 감았지만, 그의 몸은 마치 평지에 서 있는 것처럼 완벽하게 균형을 잡고 있었다.

'6서클 마법으로 자연을 움직이는 건 불가능하지만, 마나와 하나 되는 깨달음이라면…….'

그는 동해 바다에 빠졌을 때 마나와 일체화되었던 순간을 떠올렸다.

당시 최치우는 서클의 한계를 넘어 동해의 힘을 자유자재로 움직였다.

그때의 깨달음이 아니었다면 차가운 바닷속 깊이 가라앉았을 것이다.

최치우는 다시 한번 그날의 이적을 재현시킬 작정이다.

목적은 분명했다.

불순한 의도를 품고 우리 영해 근처를 어슬렁거리는 일본의 배들에게 자연의 진노를 보여주기 위함이다.

고오오오오—!

미증유의 에너지가 최치우의 몸으로 모여들고 있다.

독도가 자리 잡은 동해에서 역사에 남을 대사건이 터질 것 같았다.

8장

포세이돈

　자연재해 수준의 마법을 펼치기 위해서는 최소 8서클에 도달해야 한다.

　마나가 물처럼 샘솟던 아슬란 대륙에서도 8서클 마법사는 진귀했다.

　그들은 대마도사 클래스라 불리며 왕국을 대표하는 선생으로 존경받았다.

　최치우는 제로딘으로 살아가며 9서클 현자의 벽을 넘어섰지만, 어디까지나 평생을 마법에 바친 결과였다.

　현생에서 마법 수련에 올인하지 않고 6서클에 오른 것만 해도 엄청난 성과이다.

　그러나 6서클과 8서클은 그야말로 천지차이다.

물론 6서클 마법으로 군대를 박살 내거나 불가사의한 기적을 일으킬 수는 있다.

하지만 대자연을 움직여 재해 수준의 현상을 만들어내는 건 결코 쉽지 않았다.

최치우는 일반적인 마법의 법칙으로는 할 수 없는 일을 시도했다.

그는 동해에 빠졌을 때, 깊은 바다의 심연과 몸이 하나 되는 경험을 했다.

단순히 자연의 마나를 이용하는 게 아니라 육신이 마나 그 자체가 되는 신기한 경험이었다.

그때처럼 동해 바다의 마나와 하나로 연결될 수 있다면 비록 6서클에 머문 경지라도 자연재해를 일으키는 게 가능할 것 같았다.

'아슬란의 마법사들이 들으면 미친 소리라고 하겠지.'

최치우는 심각한 와중에도 피식 미소를 흘렸다.

아슬란 대륙은 마나의 축복을 받은 마법사의 천국이었다.

그러나 어떤 마법사도 서클의 한계를 뛰어넘을 시도를 하지 못했다.

최치우 역시 제로딘으로 살아갈 때는 그저 서클을 높일 생각뿐이었다.

모두 정해진 길로만 걸어간 것이다.

그런데 현대의 지구라는, 마법 자체가 존재하지 않는 새로운 세상에서 전에 없던 길이 보였다.

이래서 사람은 언제나 낯선 환경에서 도전해야 하는 것이다.

그래야만 기존의 틀을 부수고 한계를 뛰어넘을 계기가 생긴다.

'평화적으로, 어떠한 무력 충돌도 없이… 그러나 대자연의 힘을 빌려 너희들어 가장 두려워하는 신의 경고를 해주마.'

최치우는 일본 사람들이 수많은 신을 모신다는 걸 알고 있었다.

오죽하면 역사 교과서에 버젓이 카미카제[神風]를 기록하고 마을마다 고유의 신사를 만들겠는가.

과학이 지배하는 21세기지만, 일본인들은 여전히 신의 분노를 무의식적으로 두려워한다.

최치우는 그들이 가장 무서워하는 방식으로 엄포를 놓으려 했다.

쏴아아아!

바람의 방향이 바뀌기 시작했다.

매서운 찬바람이 최치우를 중심으로 뚜렷한 흐름을 만들고 있었다.

탐사선 선실과 조타실에 있는 선원들은 그런 최치우를 이상하게 쳐다볼 따름이다.

혼자 갑판에 서서 눈을 감고 있으니 정상으로 보이진 않았다.

그들은 최치우가 무슨 일을 하려는지, 또 실제로 무슨 일을 해낼지 상상조차 할 수 없었다.

리키는 갑판으로 나가려는 선원들을 막아서며 곁눈질로 최치우를 살폈다.

잘은 몰라도 어마어마한 사고가 터질 것 같다는 예감이 들었다.

'사부는… 내가 아는 것 이상으로 괴물이다. 그레이트!'

리키는 마치 아이돌 스타를 바라보는 소녀 팬처럼 최치우를 쳐다보고 있었다.

탐사선에서 오직 리키만이 어렴풋이나마 느낌을 받았다.

어마어마한 에너지가 최치우를 중심으로 응축되고 있다는 사실을.

'8서클 마법 크라켄을 펼치는 건 역부족. 하지만 다른 방식으로… 동해가 되어 성난 파도를 일으킨다!'

최치우는 자신이 알고 있는 기존의 마법 상식을 뒤엎었다.

더 이상 아슬란 대륙의 틀에 얽매일 필요가 없었다.

이미 한 번 새로운 형태의 마법을 체험하지 않았는가.

바다에서 자연재해를 일으키는 정석은 바로 8서클 마법 크라켄(Kraken)을 캐스팅하는 것이다.

신화 속 바다 괴물인 크라켄의 이름을 딴 마법은 단기간에 해일과 폭풍우를 불러온다.

지금의 최치우는 아무리 노력해도 8서클 마법 크라켄을 캐스팅할 수 없다.

대신 크라켄을 대체할 수 있는, 아니, 어쩌면 그보다 더 강력한 위력을 뿜어낼 방도를 찾아냈다.

슈우우!

동해 바다의 마나가 최치우의 몸으로 흘러들어 왔다.

최치우는 육신의 경계를 허물고 바다의 기운을 끝없이 받아들였다.

흠뻑 머금은 기운 그대로 동해가 품은 자연의 힘, 마나 그 자체와 하나로 동화되는 중이다.

자연재해를 일으키는 마법을 펼치는 게 아니다.

자연과 하나 되어 마법을 일으킨다.

마법의 개념을 바꾼 시도가 성공적으로 이뤄지고 있었다.

'됐다!'

최치우가 눈을 떴다.

그의 눈동자는 평소처럼 검은 갈색이 아니었다.

은은한 푸른빛 서광이 눈동자를 물들이고 있었다.

동해 바다의 마나가 몸으로 들어왔다는 뜻이다.

심해의 정기를 육신으로 받아들인 최치우는 천천히 한 손을 들었다.

곧이어 그가 시야 저편에 떠다니는 일본 해저 연구함을 향해 손바닥을 활짝 펼쳤다.

'이것은 나의 분노, 내가 내리는 징벌이다.'

거창한 캐스팅 절차도 필요하지 않았다.

최치우의 의지가 움직였고, 그에 따라 동해 바다가 심해에서부터 꿈틀거렸다.

쿠콰콰아악―!

최치우를 태운 탐사선 앞쪽에서 거친 물살이 치솟았다.

이윽고 여러 갈래의 물살이 점점 덩치를 키우며 사나운 파도로 변했다.

파도가 향하는 방향은 뚜렷했다.

한국 영해의 경계 수역에서 약을 올리는 일본 연구함이 목표물이었다.

저격수가 쏘아 보낸 총알처럼 난폭해진 물살이 일본 연구함을 노리고 질주했다.

파파파파팟!

누가 봐도 이상한 광경이었다.

잔잔하던 바다에 갑자기 한 방향으로만 파도가 미친 듯 몰아쳤다.

어느 누구도 예상하지 못한 상황이다.

그렇기에 대처하는 것도 불가능했다.

아마 일본 연구함은 갑작스런 자연재해에 난리가 났을 것이다.

급히 배를 돌리려 해도 이미 늦었다.

최치우가 일으킨 동해의 분노는 거세고 빨랐다.

콰앙!

쿠우웅!

용왕이 불러낸 수룡(水龍)처럼 길게 뻗어 나간 파도가 일본 연구함과 부딪쳤다.

연이은 충돌에 연구함이 휘청거리는 게 육안으로 보였다.

"어? 저러다 배가 뒤집히겠는데?"

"이게 대체 무슨 일이래?"

한국 측 탐사선에 탄 사람들도 일제히 눈길을 돌렸다.

난데없는 바다의 변덕에 다들 넋을 놓고 입을 크게 벌렸다.

"아이고!"

저절로 탄식이 터져 나왔다.

집채만 한 커다란 파도가 또다시 일본 연구함을 덮쳤다.

한참 떨어져 있던 해상 보안청 순시선 세 척이 연구함을 향해 다가오기 시작했다.

자칫하면 연구함이 넘어갈 수도 있음을 직감한 것이다.

'이게… 마지막이다. 네이처 웨이브(Nature Wave).'

최치우는 자연의 마나를 온전히 받아들이는 마법에 네이처 웨이브라는 이름을 붙였다.

그는 몸 안으로 들어온 마나를 모두 내보낼 준비를 마쳤다.

마나를 한 번에 내보낸다면 이전보다 더욱 강한 위력의 마법을 펼칠 수 있지만, 육체가 일시적으로 진공상태가 되며 타격을 입게 된다.

그럼에도 불구하고 최치우는 그것을 감수하려는 것이다.

독도 해저 자원 개발 프로젝트를 방해하기 위해 안달이 난 일본에게 묵직한 경고를 줄 수 있다면.

콰콰콰콰콰!

이제껏 몰아치던 어떤 파도보다 더욱 거센 물살이 일어났다.

사방팔방으로 새하얀 물방울이 튀었고, 최치우가 서 있는 갑판도 그 영향에서 자유롭지 못했다.

물살이 일본 연구함을 향했지만, 뒤쪽의 한국 탐사선도 크게 흔들렸다.

그러나 최치우는 석상처럼 갑판 위에 우뚝 서서 파도를 지휘했다.

파바박—!

쿠우우우웅!

위태롭게 휘청거리던 일본 연구함이 직격탄을 맞았다.

선체가 대각선으로 기울어지며 배가 완전히 중심을 잃었다.

원래 바다를 항해하는 배는 어지간해선 뒤집히지 않는다.

대신 한번 중심을 잃으면 걷잡을 수 없이 수습이 어려워진다.

일본의 연구함은 파도에 맞서 버틸 수 있는 한계를 넘어버렸다.

'이만하면 됐어.'

최치우는 쫙 펼치고 있던 손바닥을 접었다.

그의 눈동자는 어느새 원래의 흑갈색으로 돌아와 있었다.

순간, 빈혈 기운이 찾아오며 다리에 힘이 풀렸지만 쓰러지진 않았다.

그는 짧게나마 대자연을 움직여 재해를 일으켰다.

그러고도 두 다리로 서서 자신이 만든 광경을 바라보고 있었다.

아마 인명 피해는 없을 것이다.

최치우가 마법을 거둔 즉시 동해 바다는 거짓말처럼 잠잠해졌다.

연구함에 타고 있던 일본인들은 구명조끼를 착용했을 것이고, 근처에 있던 순시선에 의해 금방 구조될 확률이 높았다.

아나나 다를까, 순시선 세 척은 이미 비상 사이렌을 켜고 구조 작업에 돌입했다.

최치우는 무표정한 얼굴로 뒤돌아섰다.

당장 오늘 오후부터 일본과 한국의 뉴스가 방금 전 사건으로 뒤덮일 것이다.

이 경고를 가볍게 받아들인다면 일본은 더 큰 대가를 치러야만 할 것이다.

최치우는 선실로 돌아와 조용히 휴식을 취했다.

리키도 그의 지친 안색을 보고 궁금증을 꾹 억눌렀다.

아무래도 질문은 나중에 해야 할 것 같았다.

이렇게 세상이 모르는 또 한 페이지의 역사가 최치우의 손끝에서 시작됐다.

전설과 신화에 등장하는 용왕이나 포세이돈의 현신이라 해도 과언이 아니었다.

그러나 리키만 어렴풋이 낌새를 차렸을 뿐, 누구도 이상한 자연재해와 최치우를 연관 지어 생각하지 못했다.

감히 상상조차 하기 힘든 게 당연한 일이다.

선실 의자에 앉은 최치우는 침묵을 지키며 텅 빈 육신을 다독였다.

        *   *   *

─뉴스 특보입니다. 오늘 오전 동해상에서 일본의 해저 연구함이 파도에 휩쓸려 전복되는 사고가 발생했습니다. 최근 우리 정부의 독도 해저 자원 개발에 항의하기 위해 일본 정부는 연구함과 순시선을 경계 수역까지 보내왔는데요, 이번 사고로 인해 일본 국내 여론이 악화될 조짐이라고 합니다. 빠른 구조 작업으로 인명 피해는 없었지만, 갑작스러운 대형 사고에 일본 정부는 난색을 표하고 있습니다. 자세한 소식을 도쿄에 나가 있는 김형재 특파원이 알아보겠습니다.

TV 뉴스에서는 일제히 일본 연구함이 동해에서 뒤집힌 사건을 다뤘다.

유례를 찾아보기 힘든 소규모 자연재해가 아무런 징조 없이 하필이면 일본 연구함만을 향해 일어났다.

현대 과학으로 설명하기 힘든 미스터리한 일이기에 일본 국내 여론은 더더욱 나빠지고 있었다.

사실 대부분의 일본 국민은 독도 문제에 크게 관심이 없었다.

그렇기에 괜히 분쟁을 일으키다 사고를 당하게 만든 일본 정부를 질타하는 목소리가 높았다.

크지 않은 연구함이라고 해도 배가 침몰했다는 것은 아주 큰 사건이다.

그것도 한국 영해의 경계 수역에서 침몰했으니 뒤처리도 골치 아프게 생겼다.

　일본 정부는 뜻하지 않게 뼈아픈 손실을 입게 된 것이다.

　이런 상황에서 한국을 향한 도발을 지속하는 건 힘들 수밖에 없다.

　"사부, 저거… 사부가 한 거? 아, 나도 참 크레이지한 질문인 거 아는데… 너무 이상해서."

　울릉도의 숙소에서 같이 뉴스를 보던 리키가 참아온 질문을 꺼냈다.

　최치우는 리키를 쳐다보며 대답했다.

　"인간이 자기 마음대로 파도를 일으켜 배를 뒤집는 게 가능할까요?"

　"그, 그런 게 가능할……."

　리키의 말문이 막혀 버렸다.

　그나마 이상한 기운을 느끼고 질문이라도 한 게 용했다.

　아무리 생각해도 인간이 할 수 없는 일이라는 걸 리키도 잘 알고 있었다.

　"아무튼 멀리까지 와서 고생했어요, 리키. 대신 다음엔 나한극보다 어려운 기술을 알려주겠습니다."

　"와우! 나한극보다 더 어려운 거? 리얼리?"

　리키는 언제 궁금증을 품었냐는 듯 눈을 크게 떴다.

　어차피 고민해 봐야 답이 안 나올 문제는 빨리 잊고 최치우로부터 무공 기술 하나라도 더 배우는 게 낫다.

최치우는 그의 단순한 모습이 마음에 들었다.

그래서 계속 한 팀으로 데리고 다니며 이런저런 기술을 전수해 주는 것이다.

"다 잘될 거니까 오늘 저녁에는 울릉도 명이나물에 삼겹살이나 구워 먹죠."

최치우가 뒤로 드러누우며 가볍게 말했다.

해저 시추는 순조롭게 진행 중이고, 일본은 함부로 도발을 이어가지 못할 것이다.

불가능의 영역에서 가장 간단하고 확실한 방법으로 독도 프로젝트를 지켜낸 최치우는 콧노래를 흥얼거리고 있었다.

난리가 난 건 일본만이 아니었다.

한국 국민들은 도발을 일삼던 일본의 낭패에 한마음으로 기뻐했다.

인명 피해가 일어나지 않았기에 다들 마음 편히 즐거워할 수 있었다.

"그러게 적당히 했어야지! 오죽하면 천벌을 받겠어?"

"기상청에서도 이해할 수 없는 자연현상이라고 하던데. 갑자기 엄청 센 파도가 일본 놈들 배만 주구장창 때려서 뒤집은 게 불가사의하다고 말이야."

"그러니까 천벌이래도, 천벌."

지하철을 타고 움직이던 최치우는 아저씨들의 수다에 미소를 지었다.

천벌이 아니라 자신이 직접 나서서 파도를 일으켰다는 걸 누가 믿어줄까.

굳이 사람들에게 자랑하고픈 마음은 없었다.

그래도 뿌듯한 마음이 드는 건 당연했다.

일본의 도발을 약화시키게 됐고, 독도에서 고생하는 사람들과 울릉도 주민들을 안심시킬 수 있었다.

무엇보다 한국 국민들에게 통쾌한 선물을 준 것 같았다.

그동안 독도 문제뿐 아니라 동해의 일본해 표기 문제로 한국 국민들은 속이 많이 상했다.

하지만 외교적 마찰에는 마땅히 대응할 방법이 없었다.

독도 문제도 국제적 분쟁이 되지 않도록 무 대응이 정부의 최선이었다.

국민들 입장에서는 답답함이 쌓일 수밖에 없었다.

그러던 찰나, 독도 해저 자원 개발에 딴지를 걸며 또다시 도발을 하고 나선 일본 측 배가 파도에 뒤집혔다.

한국 국민들은 꽉 막힌 속에 사이다를 마신 기분을 느꼈다.

아직 개발 프로젝트에서 구체적인 성과가 나오진 않았지만, 전 국민의 응원을 받는 사업으로 다시금 강렬한 인상을 남겼다.

ㅡ다음 내리실 역은 낙성대, 낙성대역입니다.

최치우는 학교 캠퍼스 근처의 역에서 내렸다.

지하철뿐 아니라 버스를 타도, 식당이나 카페에 가도 많은 사람들이 독도 자원 개발과 일본 연구함 침몰에 대해 이야기하는 게 느껴졌다.

수면 아래에서 그 모든 것을 이끌어간 장본인으로서 요즘처럼 기분이 좋을 때가 없었다.

이제 정말 화룡점정(畵龍點睛), 용의 눈동자만 그리면 끝난다.

바닷속 깊이 묻혀 있는 메탄 하이드레이트 실물을 채취하기만 하면 축배를 높이 들 수 있을 것이다.

"사람이 할 수 있는 일은 다 했고, 하늘의 뜻을 기다려야지."

최치우는 너무 초조해하지 않기로 했다.

진인사대천명(盡人事待天命)이라는 말이 괜히 있는 게 아니다.

최선을 다했으면 그다음 결과는 하늘에 맡겨야 한다.

물론 이 말을 오해하는 사람이 너무 많다.

진짜 최선을 다하지 않고서 하늘이 해결해 주길 바라는 것이다.

하지만 최치우는 달랐다.

그는 무에서 유를 창조해 냈다.

10년 넘게 진척이 없던 독도 해저 자원 개발 프로젝트를 맨손으로 우뚝 세웠다.

이만큼 해낸 다음에야 감히 하늘의 뜻을 기다린다고 떳떳하게 말할 수 있을 것이다.

"치우야—!"

그때 맞은편에서 들려온 맑은 목소리가 최치우의 상념을 깨웠다.

여자 친구 유은서가 활짝 웃고 있다.

그녀를 본 최치우의 얼굴에 떠오른 미소가 더 짙어졌다.

오늘은 개강을 앞두고 에너지자원공학과 OT가 있는 날이다.

새로 입학할 신입생과 선배들이 한자리에 모여 미리 먹고 마시는 날이다.

최치우도 2주 뒤 개강하면 어느새 2학년이 된다.

그렇게 보면 시간이 참 빠르게 흐르고 있었다.

비실비실한 약골 빵셔틀로 눈을 뜨자마자 욕을 얻어먹던 게 엊그제 같은데, 지금 최치우는 벌써 나라의 미래를 좌우하는 프로젝트를 이끄는 중이다.

괄목상대, 상전벽해라는 말로도 설명이 불가능했다.

무력만으로 지배자가 될 수 있던 다른 차원보다 훨씬 복잡한 세상이지만, 최치우는 자신만의 길을 개척하고 있었다.

그리고 결정적인 차이점이 존재했다.

오직 자신밖에 모르고, 강해지는 것밖에 모르던 전생과 달리 이제는 일상의 소중함을 깨닫는 중이다.

"먼저 들어가 있지. 오래 기다렸어?"

최치우가 마음에도 없는 소리를 했다.

OT 장소에 들어가지 않고 지하철역에서 자신을 기다린 유은서가 귀엽기 그지없었다.

유은서는 자연스레 최치우의 팔짱을 끼며 애교를 부렸다.

"조금이라도 일찍 보고 싶어서. 너 독도 다녀오는 바람에 못 봤잖아."

"어디 학원 다녀?"

"응? 무슨 학원?"

"말 예쁘게 하는 학원."

"에이, 아냐. 진짜 진심이라 그래."

최치우의 칭찬에 유은서가 부끄러운 듯 얼굴을 붉혔다.

스무 살을 함께 보내고 나란히 2학년이 된 최치우와 유은서는 풋풋한 청춘을 마음껏 즐기고 있었다.

비록 최치우가 워낙 바쁜 바람에 자주 만나진 못해도 한결 같았다.

공대 여신으로 S대 커뮤니티에도 사진이 오르내리기 시작한 유은서가 최치우를 엄청 좋아하기 때문이다.

날이 갈수록 더해지는 그녀의 마음은 이성에게 큰 의미를 부여하지 않는 최치우도 감동시킬 정도였다.

둘은 지하철역에서부터 식당과 술집이 즐비한 번화가까지 함께 걸었다.

유은서도 다른 사람들처럼 독도 인근 해역에서 일본 연구함이 파도에 휩쓸린 이야기를 꺼냈다.

"진짜 독도에 있는 용왕님이 화가 난 거 아닐까?"

"용왕? 그런 거 믿어?"

"당연히 안 믿지, 근데 너무 신기해서."

그러고 보면 최치우는 본의 아니게 사람들의 동심까지 회복시킨 셈이다.

다들 어릴 때 이후로 꺼내지 않던 천벌이나 용왕과 같은 단어를 아무렇지도 않게 쓰고 있었다.

"용왕이라… 그것도 괜찮네."

"응?"

"아냐. 나도 신기해서."

최치우는 웃으며 화제를 돌렸다.

자신이 파도를 일으켜 일본 연구함을 뒤집었다고 밝힐 순 없었다.

믿지도 않겠지만 설령 믿어버려도 문제다.

'비밀이 많아서 미안하다.'

최치우는 유은서의 커다란 눈을 마주 보며 속으로 사과를 전했다.

그녀가 즐겨 보는 웹툰 리얼 헌터의 스토리 작가 최강이 자신이라는 점도, 거대한 파도를 만들어내는 힘을 지녔다는 점도 숨길 수밖에 없었다.

뿐만 아니다.

비공식적으로 한국에서 싸움을 제일 잘하는 사람이라는 사실도, 미래 에너지 탐사대를 실질적으로 이끄는 숨은 리더라는 사실도 마찬가지로 알려줄 수 없었다.

그러나 유은서를 대하는 마음은 거짓이 아니었다.

진면목을 숨긴 관계가 언제까지 계속될지 몰라도 그녀가 최치우의 일상에 큰 즐거움을 주는 것은 분명했다.

최치우도 시간이 허락하는 한 유은서에게 기쁨을 주고 싶었다.

"저긴 거 같은데?"

"바로 들어가자. 우리가 좀 늦었네."

캠퍼스 근처의 호프집이 OT 장소였다.

호프집이 위치한 3층으로 들어서니 이미 학생들이 바글바글했다.

에너지자원공학과는 공대 안에서 정원이 많은 편이 아니다.

그래도 1학년이 될 신입생들이 많이 참석했고, 선배들과 복학생들도 새 학기를 앞두고 모습을 드러냈다.

물론 신입생 중 누가 누가 예쁜지 확인하려는 늑대들의 본능도 한몫을 했다.

덕분에 이른 시간이지만 호프집은 북적거리는 열기로 가득차 있었다.

"어? 은서다!"

"치우도 왔네!"

최치우와 유은서 커플을 알아본 동기들이 소리를 질렀다.

선배들도 손을 흔들며 두 사람을 반겨줬다.

유은서는 예쁘지만 깍쟁이 과는 아니어서 두루두루 인기가 좋았다.

반면 최치우는 같은 과 사람들과 우르르 어울리는 편이 아니었다.

그래도 작년 과대이던 이시환과 함께 학부생으로 미래 에너지 탐사대 멤버가 됐고, 한창 화제인 독도 해저 자원 개발에도 참여하는 바람에 학내에서는 모르는 사람이 없는 유명 인사였다.

그를 질투하는 무리도 있었지만, 대체로 에너지자원공학과의 에이스라고 인정하는 분위기였다.

"이리 와!"

최치우는 동기들이 모여 있는 테이블로 향했다.

신입생 OT에서 어색하게 인사를 나누던 게 어제 일처럼 생생하다.

그런데 2학년이 되어 후배들을 맞이하고 있으니 우스웠다.

"치우야, 독도 갔다 왔다면서? 너도 일본 배 뒤집어지는 거 봤어?"

"나 그때 현장에 있었어. 카메라가 아니라 눈으로 직접 봤지. 일본 연구함 뒤집어지는 거."

"우오오, 대박이다, 대박!"

"완전 쩔어! 야, 치우가 일본 배 뒤집히는 거 눈으로 직접 봤대!"

최치우가 앉자마자 예상한 질문들이 쏟아졌다.

2학년 동기들은 물론이고 복학생과 선배들도 관심을 보였다.

전 국민의 관심을 받는 대형 프로젝트에 참여하는 사람이 같은 과 학생이라는 건 신기하고 자랑스러운 일이다.

프로젝트가 잘되면 S대 에너지자원공학과 전체의 평이 높아질 수도 있었다.

2학년 이상 선배들이 모여 웅성거리는 소리가 커지자 신입생들도 대놓고 최치우를 쳐다봤다.

그들도 뉴스를 통해 독도 프로젝트를 여러 번 접했다.

어쩌면 거기에 영향을 받아서 비인기 학과인 에너지자원공학과에 진학한 신입생도 있을지 모른다.

아직 전공 수업도 못 들은 신입생들에게 있어 최치우는 까마득한 톱스타처럼 보였다.

고작 1년 차이지만 대학생이라는 한계를 훌쩍 넘어섰기 때문이다.

"들었어? 저기 저 선배가 학부에 딱 두 명 있는 미래 에너지 탐사대 멤버라는데?"

"독도 개발에 참여한다는 그거?"

"어, 그거. 완전 부럽다. 2학년인데 벌써 국가적으로 인정받는 거 아냐?"

"근데 옆에 여자 친구도 진짜 예쁘다. 우리 과 선배인가 본데."

"들어보니까 CC인 거 같아. 역시 무조건 에이스가 돼야 한다니까."

남자 신입생들은 최치우를 선망의 눈길로 바라봤다.

그의 옆에 딱 달라붙은 유은서까지 모든 게 부러울 따름이다.

여자 신입생들은 아쉬움이 담긴 눈빛으로 최치우가 앉은 테이블을 쳐다봤다.

가서 말이라도 걸어보며 친해지고 싶었지만, 최치우의 옆자리를 차지한 유은서가 너무 강적이다.

딱 봐도 눈에 띌 정도로 예뻐서 감히 도전할 생각이 들지 않았다.

같은 과 학생들만 모인 OT지만 최치우, 유은서 커플은 핫해도 너무 핫했다.

여기가 아니라 어디를 가도 비슷한 대우를 받을 것이다.

그때 4학년이 된 이시환이 맥주잔을 들고 최치우에게 다가왔다.

"여어! 왔어?"

"시환이 형, 이제 4학년인데 OT에 나오는 건 민폐 아닌가?"

최치우가 장난스럽게 농담을 했다.

이시환과는 워낙 친한 사이라 허물이 없었다.

불의의 일격을 당한 이시환이 지지 않고 반격 카드를 꺼냈다.

"조용히 해, 인마. 넌 곧 군대 가야지?"

"뭐야? 오랜만에 보는데 시환이 오빠, 완전 별로야."

최치우 대신 유은서가 욱했다.

남자 친구의 입대를 걱정하는 건 20대 초반 모든 여자 친구들의 공통 사항이다.

최치우는 아직 입대 시기를 결정하지 못했다.

하지만 스물한 살이 된 남자들에게 군대는 숙제처럼 느껴질 수밖에 없다.

"은서야, 그래도 갈 건 가야지. 너 고무신 거꾸로 안 신을 거지?"

"절대, 절대, 절대! 오빠는 기다려 줄 여자 친구도 없으면서."

"으윽⋯⋯!"

아픈 곳을 찔린 이시환이 가슴을 부여잡고 비틀거렸다.

최치우는 웃음을 터뜨리며 맥주잔을 들었다.

"됐고, 건배나 합시다. 새 학년, 새 학기를 위하여!"

아까부터 다들 최치우가 건배사를 외쳐주길 바라는 눈치였다.

최치우는 딱히 나서지 않았는데도 대내외적으로 에너지자원공학과를 대표하는 인물이 됐다.

"새 학년, 새 학기를 위하여!"

많은 동기들이 기다렸다는 듯 최치우의 건배사를 따라 외쳤다.

과에서 가장 인망이 높은 이시환도 덩달아 목소리를 높였다.

4학년이자 전직 과대인 이시환은 복학생들도 어려워하는 선배이다.

성격은 좋지만 아니다 싶으면 확실하게 문제를 짚고 넘어가는 편이었다.

최치우는 그런 이시환에게 반말을 썼고, 둘이 형제처럼 친하게 지내는 걸 모르는 사람이 없었다.

그렇다고 최치우는 선민의식을 가지고 잘난 척하지 않았다.

만약 그랬다면 뒤에서 욕하는 사람이 훨씬 많았을 것이다.

최치우는 에너지자원공학과의 중심으로 떠오르면서도 결코 거만하게 행동하지 않았다.

진짜 바쁘고 잘나가는 사람들은 굳이 거드름을 피울 이유가 없다.

그러기엔 신경 쓸 일이 너무 많기도 하다.

꼭 어설프거나 속이 빈 사람들이 어깨에 힘을 주고 다니는 법이다.

과하게 나대지 않으면서도 시원시원하게 할 말 다 하는 최치우는 인기를 끌 수밖에 없었다.

"다 같이 마시니까 더 시원하다."

단숨에 생맥주를 들이켠 최치우가 미소를 지으며 말했다.

유은서도 평소보다 기분이 좋은지 500cc 맥주를 원샷으로 끝내 버렸다.

흥겨운 음악이 흐르고, 치킨과 노가리가 맥주와 함께 밀린 수다의 흥을 돋웠다.

최치우는 원래 고등학교에서 빵셔틀로 무시만 당하고 어느 누구와도 친구가 되지 못했다.

환생을 하게 되면서 복수를 하고 괴롭힘에선 벗어났지만, 절대 즐거운 학창 생활은 아니었다.

대학에 와서 모든 게 달라졌다.

일도 일이지만 학과의 에이스가 되어 즐거운 나날을 보낼 수 있어 뿌듯했다.

"치우야, 치우야!"

그때 동기 한 명이 다급하게 최치우를 찾았다.

잔뜩 상기된 표정과 높아진 목소리가 심상치 않았다.

"왜? 무슨 일 있어?"

최치우가 맥주잔을 내려놓고 고개를 돌렸다.

근처에 앉은 다른 학생들도 관심을 기울였다.

주의를 끄는 데 성공한 동기가 손에 든 스마트폰을 거꾸로 들었다.

최치우가 화면을 확인할 수 있게 해준 것이다.

"속보 떴어! 독도에서 메탄 하이드레이트 실물 채취에 성공했다는 뉴스야!"

순간 짜릿한 전율이 최치우의 등줄기를 훑고 지나갔다.

잠시 뉴스 속보를 읽은 최치우는 자신의 폰을 확인했다.

마침 폰으로 김도현 교수와 정기석 단장의 메시지가 날아와 있었다.

소량이긴 해도 드디어 메탄 하이드레이트의 실물 채취에 성공한 것이다.

최치우는 자리에서 일어나 두 손을 번쩍 들었다.

"골든 벨—! 오늘 끝까지 내가 전부 쏩니다!"

"우와아아아아!"

호프집이 함성으로 뒤덮였다.

단지 최치우가 골든 벨을 울렸기 때문만은 아니다.

독도 해저 자원 개발 프로젝트가 실물 채취라는 성과를 냈고, 이것은 에너지자원공학과를 비롯해 S대 역사에 길이 남을 자랑거리였다.

나아가 대한민국의 쾌거이기도 하다.

개강 전 OT가 축제로 변했다.

최치우는 기어코 푸른 바다 밑에서 보석을 건져냈다.

그의 손끝에서 만들어질 새로운 역사가 요동치고 있었다.

9장

올림푸스

세계적으로 경기가 꽁꽁 얼어붙은 지 꽤 됐다.

2008년의 금융 사태 이후 경제학자들은 21세기형 대공황이라는 말을 즐겨 썼다.

미국 정도를 제외하면 서방 세계 주요 선진국의 경기는 풀릴 기미가 보이지 않았다.

숨통을 틔워주던 중국도 환율 조작국이란 오명을 쓰며 폭발적인 경제 성장을 이어가지 못했다.

여전히 성장은 하고 있었지만, 예전처럼 엄청난 대외 무역을 감당하며 세계 경기를 이끌 수준은 아니었다.

신흥개발국으로 주목받던 브라질, 인도 등 3세계 국가들의 발전도 기대에 못 미쳤다.

선진국은 선진국대로, 개발도상국은 그들대로 불만의 수위
가 높아지는 시절.

자칫하다간 언제 3차 세계대전이 터질지 모른다는 전쟁과
테러의 공포도 세계를 위협하고 있었다.

그런데 한강의 기적을 이뤘지만 더 이상 누구도 크게 주목하
지 않던 한국에서 호재가 연달아 터졌다.

대한민국은 어엿한 선진국 반열에 올랐으나, 이른바 선진국
증후군에 빠져 일본이 걸어간 길을 답습하는 중이었다.

G20에 드는 주요 국가지만, 세계 경기를 좌우할 영향력은
없다는 게 정설이었다.

하지만 독도 해저 자원 개발 프로젝트의 성공은 일약 한국
의 위상을 바꿔놓았다.

사실 독도 해역에 묻힌 어마어마한 메탄 하이드레이트를 모
두 상용화하려면 한참 멀었다.

얼마나 오랜 시간이 걸릴지 모른다.

그러나 해저에 묻힌 실물을 채취하는 데 성공했다는 것 자
체가 엄청난 성과였다.

대한민국은 언제가 되었든 6억 톤에 달하는 메탄 하이드레
이트를 채취할 가능성이 있음을 증명한 것이다.

전 세계의 투자자와 큰손들은 불경기 상황에서 투자처를 찾
지 못해 전전긍긍 중이다.

그들은 실물 가치보다 미래 가능성을 중요하게 여겼다.

세계 최대 규모의 자동차 회사인 GM보다 이제 막 걸음마를

떼고 있는 전기차 회사 테슬라의 시가총액이 훨씬 더 높았다.

당장의 이익률만 따지면 GM의 주가가 테슬라를 압도해야 한다.

테슬라는 아직도 적자에 적자를 거듭하고 있었다.

그렇지만 국책 기관을 비롯한 거물 투자자들은 현재보다 미래의 가능성을 따라 움직인다.

대한민국은 독도의 메탄 하이드레이트 실물 채취 성공으로 전 세계에 가능성을 어필했다.

그것도 지구 전체의 화두인 미래 에너지에 대한 가능성이었다.

당연히 한국 주식시장이 요동치며 관련 주식들이 급등할 수밖에 없었다.

주가가 오르면 산업에 활기가 돌기 시작한다.

내수시장과 경기도 덩달아 살아나며 경제성장률 전망도 밝아지게 마련이다.

독도에서 들려온 승전보는 한국 경제, 나아가 세계 경제에 긍정적으로 기여하고 있었다.

물론 직접적으로 가장 큰 이익을 본 사람은 개발에 참여한 한영그룹이다.

한영그룹의 망나니 후계자로 악명이 자자하던 임동혁은 단숨에 재계의 슈퍼스타가 됐다.

후계 구도는 완벽해졌고, 회장을 대신해 일선에서 그룹의 투자를 지휘할 거라는 소문도 무성했다.

최치우는 바로 그 임동혁과 마주 앉아 밥을 먹고 있었다.

언제나처럼 광화문 시즌스 호텔의 프레지던트 스위트룸이 두 사람의 회동 장소였다.

"최치우 씨가 우리 영감의 얼굴을 봤어야 한다니까. 꼬장꼬장한 이사회 할배들이 내 어깨를 두드리며 그룹의 미래를 부탁한다고 하는데… 우리 영감이 글쎄, 나를 보고 뿌듯한 표정을 지었습니다. 태어나서 처음으로!"

임동혁은 평소보다 흥분해 있었다.

어찌 보면 당연한 일이다.

그는 생전 처음으로 아버지인 한영그룹 회장의 인정을 받았다.

뿐만 아니라 상속자로서 입지를 완벽히 다졌고, 한영그룹의 주가 상승으로 인해 투자한 수천억 원을 벌써 회수하고도 남았다.

"파이트 클럽에서 최치우 씨의 경기를 본 게 내 인생을 바꿀 줄은 몰랐습니다. 쓸데없는 데 돈 쓴다고 비서들한테 욕만 먹었는데 역시 세상일은 모른다니까."

"뉴스마다 난리더군요. 아무튼 확고부동한 그룹의 후계자가 된 것을 축하드립니다."

"모두 최치우 씨 덕분이라는 거 잊지 않고 있습니다."

임동혁이 눈을 빛내며 대답했다.

그는 계산이 정확한 남자다.

최치우가 아니었으면 오늘의 영광도 없었다는 걸 모르지 않왔다.

'황금 알을 낳는 거위의 배를 가를 정도로 멍청한 남자는 아니지.'

최치우는 임동혁을 쳐다보며 미소를 지었다.

아드레날린 중독 증상에 시달리는 재벌가의 망나니를 파트너로 택한 데는 이유가 있었다.

승부사 본능, 그리고 자충수를 두지 않는 최소한의 냉정함.

임동혁은 확실히 미친놈이지만 그 두 가지를 갖고 있기에 파트너로 삼을 만했다.

"그래서 말인데……."

스테이크와 함께 곁들이던 위스키로 입술을 적신 임동혁이 뭔가를 꺼냈다.

"최치우 씨에게 주는 선물, 아니, 보답입니다."

그가 얼른 말을 고쳤다.

선물은 대가 없이 주는 것이다.

최치우 덕분에 막대한 이득을 본 임동혁은 선물이 아닌 보답을 하는 게 맞았다.

온종일 뉴스를 장식하고 있는 재벌 2세가 단어 하나를 사용하는 데 있어서도 최치우의 심기를 살폈다.

최치우는 피식 웃으며 임동혁이 내민 걸 쳐다봤다.

"카드입니까?"

"블랙인데, 못 들어봤어요?"

"블랙?"

최치우는 금시초문이다.

임동혁이 테이블에 올려놓은 카드는 보통 신용카드와는 다르게 어떤 글자나 무늬도 새겨져 있지 않았다.

그저 까만색이 전부였다.

이름도, 유효 기간도 없는 순수한 까만색 카드.

"한국에서 999명만 발급받을 수 있는 카드가 바로 블랙입니다. 현재까지 100명 정도만 이 카드를 갖고 있다고 들었습니다."

"이게 그렇게 대단한 겁니까?"

최치우는 여전히 심드렁한 얼굴로 카드를 잡았다.

묵직한 게 무게감도 제법 있었다.

"우선 한도 따위가 없습니다. 한 달에 1억? 10억? 아니, 100억을 써도 됩니다."

"한도가 없는 카드라……."

"당연히 결제는 내가, 아니, 공식적으로 새로 만들어질 한영그룹 내 독자적 사업부에서 합니다. 최치우 씨는 그저 원하는 대로 편하게 쓰면 됩니다."

쉽게 말해 백지수표나 다름없었다.

백지수표는 한번 액수를 쓰고 나면 끝이다.

그런데 블랙 카드는 얼마든지 쓰고 또 쓸 수 있다.

임동혁은 독도 개발에 자신을 투자자로 참여시켜 준 것에 대한 보답을 화끈하게 했다.

최치우에게 마르지 않는 샘물을 준 것이다.

"내가 얼마를 쓸 줄 알고… 정말 괜찮겠습니까?"

남들이 보면 기겁할 장면이다.

최치우는 한영그룹의 후계자에게 돈으로 도발을 걸었다.

그의 배짱에 임동혁이 웃음을 터뜨렸다.

정말 기분이 좋아서 웃는 것 같았다.

"하하하! 하하하하! 최치우 씨, 당신은 정말 나보다 더 미친 놈이 확실하다니까. 하하하하하!"

"뭐, 아무튼 보답은 잘 받도록 하죠."

"개인적인 용도로 얼마든지 사용해도 됩니다. 1년에 100억까지는 신경 쓰지 않겠습니다."

그냥 100억도 아니고 1년에 100억을 마음대로 쓰라는 것이다.

그럼에도 최치우는 고개를 갸웃거렸다.

"본부장님, 생각보다 통이 작군요. 1년에 100억이라니."

"하하하! 물론 더 써도 됩니다. 블랙 카드는 보답이기도 하지만 앞으로 최치우 씨와 계속 함께 일하고 싶다는 약속의 징표입니다."

"들어보죠, 임 본부장님이 그리고 싶은 그림."

최치우는 능숙하게 화제를 전환했다.

그는 식사가 시작될 때부터 임동혁이 다른 제안을 할 거라 예상하고 있었다.

한번 단물을 맛본 사람이 여기서 손을 털 리 없었다.

게다가 아드레날린 중독인 임동혁은 독도 개발에 버금가는 짜릿한 프로젝트를 원할 것이다.

그를 만족시킬 사람, 그가 원하는 것을 줄 수 있는 사람은 최치우밖에 없었다.

스물한 살의 최치우는 30대의 대기업 후계자를 능수능란하게 컨트롤하고 있었다.

중요한 이야기를 앞둔 임동혁은 속이 타는지 찬물을 벌컥벌컥 마셨다.

"블랙 카드로 쓴 금액은 독자적 사업부에서 결제할 거라고 말하지 않았습니까."

"그랬죠."

"한영그룹의 독자적 사업부를 최치우 씨가 맡아줬으면 합니다. 나와 함께 그룹의 미래를, 아니, 대한민국의 미래를 이끌어 가는 겁니다."

파격적인 제안이다.

대기업의 핵심 사업부를 대학 학부생에게 맡기겠다는 것이다.

임동혁은 최치우의 진가를 톡톡히 경험했지만, 모든 것을 감안해도 쉽지 않은 제안이 분명했다.

최치우도 흥미를 보였다.

블랙 카드를 받았을 때의 무미건조한 표정과는 달랐다.

"독자적 사업부라……. 설마 내가 한영그룹을 위해 일할 거라고 생각하진 않았을 것 같은데요."

"물론입니다. 그러니 독자적이라는 수식어를 강조하는 것 아닙니까. 최치우 씨를 한영그룹의 울타리에 담겠다는 뜻이 아닙니다. 서로가 서로의 날개가 되자는 뜻입니다."

"흠."

세상을 놀라게 할 파격적 제안이지만, 설득하기 위해 애쓰는 쪽은 임동혁이었다.

최치우는 큰 반응 없이 임동혁의 말을 듣고만 있었다.

"나는 최치우 씨의 능력이 필요합니다. 독도에서 메탄 하이드레트를 채취한 거, 최치우 씨가 처음부터 끝까지 밑그림을 그렸다는 사실을 아는 사람은 나와 김도현 교수밖에 없다고 알고 있습니다만. 그 능력으로 세계를 누비며 마음껏 활약할 수 있도록 서포트하겠습니다."

"내가 다른 것에 신경 쓰지 않고 오직 하고 싶은 일에만 집중할 수 있도록 돕겠다는 겁니까?"

"그렇습니다. 대신 나는 최치우 씨가 이뤄낼 성과를 함께 나눌 자격을 얻고 싶습니다."

임동혁은 자존심을 내려놓았다.

아쉬울 것 없는 그가 일생일대의 승부수를 던진 셈이다.

최치우에게도 나쁠 것 없는 제안이었다.

잠시 고심하던 최치우는 갑자기 미소를 지었다.

"솔직히 말해 괜찮은 딜입니다. 그런데 먼저 해결해야 할 문제가 있습니다."

"어떤 문제입니까?"

최치우는 뜸을 들였다.

임동혁은 긴장한 눈빛으로 최치우의 대답을 기다렸다.

그는 자신과 그룹의 앞날을 최치우에게 걸었다.

과연 어떤 문제가 최치우의 결단을 가로막는지 궁금할 수밖에 없었다.

곧이어 최치우의 입에서 나온 말은 임동혁의 힘을 쭉 빠지게 만들었다.

"군대."

"네?"

"군대부터 가야 됩니다. 대한민국 남자 아닙니까."

"아, 아아……."

임동혁은 뒤통수를 한 대 맞은 듯 말끝을 흐렸다.

최치우는 그를 쳐다보며 가볍게 웃었다.

"일단 본부장님의 제안은 무겁게 생각해 보겠습니다. 나를 돕는 날개가 있다면 더 자유롭게 비상할 수 있을 것 같군요."

"긍정적으로 고려해 주면 좋겠습니다."

"그러죠."

최치우는 여유를 잃지 않았다.

놓치기 아까운 어마어마한 제안도 그의 평정심을 흔들지 못했다.

그는 선택을 기다리는 사람이 아닌, 선택을 하는 사람이기 때문이다.

서울의 밤, 최치우는 날개가 되고 싶다는 재벌 2세의 제안을 받았다.

독도를 넘어 이어질 그의 걸음마다 폭풍이 몰아칠 것 같았다.

군대라는 복병이 남았지만 최치우의 나이는 아직 스물한 살에 불과하다.

시간은 그의 편이었다.

*   *   *

메탄 하이드레이트를 상용화하기 위해서는 별도의 기술이 필요하다.

해저에 고체 상태로 묻혀 있는 실물을 채취한 것은 위대한 시작이다.

그다음부터는 대량 채취 기술을 도입해야 하고, 환경오염을 최소화하며 상용화시키는 방안도 연구해야 한다.

독도의 해저 자원을 바탕으로 미래의 산유국이 되기까지 넘어야 할 벽이 많은 것이다.

그러나 전 세계에 기술력을 입증하며 가능성을 보인 덕에 얻은 경제적 효과는 천문학적이었다.

정부, 특히 해수부 관계자들은 요즘 밥을 안 먹어도 배가 부르다며 싱글벙글했다.

정기석은 실물 채취에 성공한 날 어린아이처럼 눈물을 펑펑 흘렸다고 한다.

그만큼 많은 사람들의 숙원이 풀린 것이다.

한국 정부 차원에서도 공식적으로 논공행상을 준비했다.

개발 프로젝트의 키는 서울대 미래 에너지 탐사대가 쥐고 있었다.

누구도 그 사실을 부정하지 못한다.

김도현 교수는 서울대 공대를 대표해 정부로부터 훈장을 받게 됐다.

또한 미래 에너지 탐사대에 소속된 학생 중 한 명에게도 포상이 주어질 예정이다.

사람들은 당연히 최치우가 주인공이 될 거라 생각했다.

개발 사업에 참여한 사람들은 가장 어린 최치우가 실세이자 핵심 인물임을 알고 있다.

오죽하면 해수부 차관보인 김기훈이 최치우에게 따로 인사와 덕담을 건넬 정도였다.

다른 멤버들도 불만을 품을 수 없었다.

최치우가 비공개 회의에 참여하며 김도현 교수 이상으로 활약했다는 걸 잘 알기 때문이다.

"조심스럽지만… 학생 대표로 훈장과 포상을 받는 건 아무래도 2학년 최치우 군이 적임자인 것 같네요."

미래 에너지 탐사대를 모아놓고 김도현 교수가 입을 열었다.

굳이 의사를 확인하지 않아도 모두 수긍하는 분위기였다.

세 명의 대학원생 멤버들과 이시환도 고개를 끄덕이고 있었다.

그러나 단 한 사람, 수상자로 지목된 최치우가 브레이크를 걸었다.

"교수님, 죄송하지만 받아들일 수 없습니다."

"그게 무슨 말인가요?"

"다 같이 밤을 새우고 동해의 찬바람을 맞으며 고생했습니다. 함께 받지 못할 상이라면 안 받겠습니다."

잔잔하지만 무거운 파문이 일었다.

최치우의 뜻은 꺾이지 않을 것 같았다.

대학원생 선배 셋, 그리고 이시환과 김도현 교수가 놀란 눈으로 최치우를 바라봤다.

"정부가 우리에게 선심 쓰듯 훈장을 줄 일이 아닙니다. 우리가 없었으면 시작도 못 했을 프로젝트입니다. 훈장이든 뭐든 다 함께 받을 수 있도록 만들겠습니다."

최치우는 단순히 선심을 쓰기 위해 고집을 부리는 게 아니었다.

그는 누가 주도권을 잡고 있는지 정부에게도 각인시킬 필요가 있다고 판단했다.

더불어 미래 에너지 탐사대 멤버들을 확실하게 챙기는 일석이조의 효과를 노렸다.

평생 한 번도 받기 힘든 훈장을 손쉽게 가져오겠다고 장담하는 최치우의 패기에 모두 빨려들고 있었다.

한번 입으로 뱉은 말은 반드시 지킨다.

그것이 일곱 번의 환생을 거쳐 여덟 개의 다른 차원에서 살아본 최치우의 원칙이다.

미래 에너지 탐사대 멤버들과 함께 훈장을 받겠다는 그의 말은 현실이 됐다.

생각한 것 이상으로 최치우의 영향력은 이미 막강해져 있었다.

그는 독도 해저 자원 개발 프로젝트의 투자자이자 재계 유일의 참여 기업인 한영그룹의 후계자를 움직였다.

어쩌면 임동혁이 유일하게 아쉬운 소리를 하는 상대가 최치우일지 모른다.

최치우의 카드는 임동혁 외에도 더 있었다.

해수부의 실무를 담당하는 차관보 김기훈이 힘을 써준 것이다.

장관과 차관이 있지만 일선 공무원을 지휘하며 실무에 영향을 끼치는 사람은 차관보이다.

김기훈의 입김은 결코 만만치 않았다.

실무 회의에서 최치우의 활약상을 전해 듣고 호감을 표한 바 있는 김기훈은 적극적으로 전화를 돌렸다.

1급 공무원이 자기 일처럼 전화를 돌리면 안 될 일도 술술 풀린다.

어차피 독도 해저 자원 개발은 성공의 축포를 쏘아 올린 셈이다.

훈장을 남발할 수는 없지만, 미래 에너지 탐사대 전원이라고 해봐야 겨우 다섯 명이다.

김도현 교수와 최치우 몫으로 책정된 훈장 두 개를 여섯 개로 늘리는 게 마냥 불가능한 일은 아니었다.

최치우가 나서서 시동을 걸고, 임동혁과 김기훈이 지원사격을 퍼부으니 정부도 기조를 바꿨다.

만에 하나 S대에서 훈장과 포상을 거부하면 모양새가 나빠진다.

기껏 국민 여론을 호의적으로 만들었는데 잡음을 일으킬 순 없었다.

결국 최치우의 용기와 영향력 덕분에 미래 에너지 탐사대 전원이 훈장을 받게 됐다.

담당 교수이자 책임자인 김도현도 미처 생각하지 못한 일이다.

정부로부터 좋은 소식을 들은 최치우는 유은서, 이시환 등 가까운 사람들과 함께 이야기꽃을 피우고 있었다.

"저기, 치우야."

그때 누군가 다가와 말을 걸었다.

고개를 돌리니 예상하지 못한 얼굴이 보였다.

미래 에너지 탐사대의 대학원생 멤버인 백승수가 쭈뼛거리며 서 있는 게 아닌가.

백승수는 F.E의 최고참으로 성실하고 과묵한 선배였다.

다소 내성적인 성격 탓에 최치우와 교류가 활발하진 않았다.

그가 먼저 찾아와 말을 건 것은 처음이다.

"네, 선배님."

"잠깐 이야기 좀 할 수 있을까?"

"그럼요."

최치우는 유은서와 이시환에게 눈짓으로 사인을 보내고 거리를 벌렸다.

자연스레 둘만 대화를 나눌 수 있는 공간이 확보됐다.

둘만 있게 되었음에도 불구하고 백승수는 커다란 뿔테 안경을 만지작거릴 뿐 쉽게 입을 열지 못했다.

무슨 말을 꺼내려는지 몰라도 상당히 망설이는 눈치다.

보다 못한 최치우가 대화의 물꼬를 터줬다.

"혹시 뭐 도와드릴 거라도……?"

"아, 아니, 그런 건 아니고… 그냥 너한테 고맙다는 이야기를 꼭 해야 할 것 같아서……."

백승수는 눈을 내리깔고 천천히 대답했다.

말투는 어설펐지만 진심이 담겨 있는 게 느껴졌다.

최치우는 옅은 미소를 지으며 내성적인 성격의 선배를 쳐다봤다.

"사실 박사 과정을 해야 할지, 아니면 연구소나 직장을 알아봐야 할지 고민이 많았는데… 너 덕분에 독도 프로젝트도 경험하고 훈장까지 받게 돼서 진짜 큰 힘이 됐어. 집에서도 원하는 공부 마음껏 하라고 응원해 주고 말이야. 우리까지 챙겨주려 애쓴 거 잊지 않을게. 진짜 고맙다, 치우야."

군대를 다녀와 석사 과정 말기에 다다른 백승수는 곧 서른 살이 된다.

남자 나이 서른이면 진로를 놓고 심각하게 고민할 시기이다.

요즘 같은 불경기에는 S대를 다닌다고 해서 미래가 보장되지 않는다.

백승수에게 있어 독도 프로젝트와 정부의 훈장은 든든한 버팀목이 될 터였다.

만약 최치우가 나서지 않았다면 백승수를 비롯한 다른 멤버들은 훈장을 받지 못했을 것이다.

한참 후배지만 다 함께 훈장을 받겠다고 말한 순간, 최치우는 대학원생 선배들까지 마음으로 사로잡아 버렸다.

"아닙니다. 다 같이 고생했는데 당연한 일이었습니다."

"나도 그렇고 다른 애들도 너한테 엄청 고마워하고 있다는 거 기억해 줘."

"네."

"그리고 선배님이라 하지 말고… 편하게 생각해, 편하게. 앞으로 더 친해지자, 우리."

"그럴게요, 승수 형님."

최치우는 백승수가 얼마나 용기를 냈는지 알 것 같았다.

평소의 그는 꼭 필요한 일이 아니면 말을 하지 않는 편이었다.

그럼에도 불구하고 후배에게 찾아와 고마움을 표시하며 마음을 전했다.

이것만으로도 최치우는 함께 훈장을 받으려 노력한 보람을 얻었다.

"그, 그럼 난 가볼게. 교수님께 강의 자료 드려야 해서……."

"네, 형님. 이따 F.E 모임 때 봐요."

"그래, 고맙다. 고마워, 치우야."

백승수는 몇 번이나 고맙다는 말을 반복하고 공대 건물 안으로 들어갔다.

최치우는 흐뭇한 얼굴로 백승수의 뒷모습을 지켜봤다.

예전에는, 그러니까 다른 차원에서는 혼자만 잘나가는 게 전부라고 생각했다.

일 초라도 빨리 성장하기 위해선 남을 챙길 여력이 없었다.

그러나 지금은 다르다.

당장 내가 한 걸음 먼저 내딛는 것보다 함께 걸어가는 게 더 빨리, 더 오래, 더 멀리 갈 수 있는 방법이라는 걸 조금씩 깨닫고 있었다.

"나쁘지 않은데?"

최치우는 혼잣말을 읊조리며 걸음을 옮겼다.

적어도 백승수는 확실하게 최치우의 사람이 된 것 같았다.

원래 내성적이고 과묵한 사람들은 마음을 쉽게 열지 않는다.

대신 한번 마음을 주면 절대 배신하지 않고 묵묵히 옆을 지킨다.

이제껏 친하게 지내진 않았어도 백승수가 어떤 인물인지 충분히 봐왔다.

앞으로 두고두고 도움이 될 인재임이 분명했다.

"백승수 선배랑 무슨 이야기했어?"

최치우가 돌아오자 이시환이 기다렸다는 듯 질문을 던졌다.

유은서와 다른 친구들도 궁금한 기색이다.

"별거 아니고, 그냥 고맙다는 이야기였어."

"진짜? 저 선배가 그런 이야기 쉽게 하는 스타일이 아닌데."

"선배라 부르지 말고 형, 동생 하자고 해서 알겠다고 했지."

"와, 대박이다. 승수 선배가 너를 100% 인정했나 보다. 순하
게 보여도 일 처리나 성격은 완전 깐깐해서 애들이 어려워하는
조교잖아."

"그럼 더 잘됐네. 맨날 덤벙거리는 형 말고 이제 승수 형님이
랑 더 친하게 지내야지."

"뭐? 너! 이 배신자!"

최치우의 농담에 이시환이 뜨거운 콧김을 뿜어냈다.

다른 친구들이 그 모습을 보며 웃음을 터뜨렸다.

겨울의 기운이 약해지고 조금씩 봄이 드리우기 시작한 S대
캠퍼스.

최치우는 자신의 울타리를 넓혀가며 새로운 사람들을 품고
있었다.

                    *   *   *

"올림푸스?"

"네, 그리스 신화에 나오는."

"신들이 사는 곳이잖아요. 오랜만에 들어보는 이름이네요."

김도현 교수가 고개를 끄덕이며 대답했다.

연구실에는 김도현과 최치우 두 사람밖에 없었다.

한 시간 뒤 두 사람은 청와대로 출발할 예정이다.

대통령이 직접 수여하는 훈장을 받기 위해서이다.

그전에 먼저 만나 대화를 나누던 중 최치우가 올림푸스라는 말을 꺼냈다.

"그리스 신화에 나오는 신들은 인간과 섞여 살았습니다. 인간들 틈에서 사고를 치기도 하고 또 선물을 주기도 하고. 특별하지만 결코 인간과 유리된 존재가 아니었죠."

"엄밀히 말하면 신이라기보다는 영웅에 가까운 존재로 묘사되었지요."

"우리가 하려는 일도 비슷하지 않을까요. 특별한 능력으로 누구도 못 한 일을 해내지만 결국 이 지구에서 함께 살아가는 사람들에게 혜택을 주려는 것이니까요."

"개발로 인한 이익을 우리만 누리는 게 아니라 인류를 위해서 나누는 것이 나와 치우 군의 생각이잖아요."

"맞습니다, 교수님."

최치우는 올림푸스라는 이름을 되뇌며 눈을 반짝였다.

스스로 생각한 이름이지만 곱씹을수록 마음에 들었다.

김도현 교수도 최치우의 뜻을 이해했는지 은은한 미소를 짓고 있다.

"좋아요. 어차피 치우 군이 주도해서 만들어 나갈 세상이니까. 미래 에너지 탐사대는 학교의 틀을 벗어날 수 없으니 여러 제약이 따를 거예요."

"교수님께서 F.E를 통해 인재를 키워주시고 그들이 올림푸스에서 저와 함께 미래를 개척하게 될 겁니다. 결국 미래 에너지 탐사대와 올림푸스는 하나의 팀이 되는 거죠."

최치우는 이미 S대 공대가 온전히 품기엔 너무 거물이 돼 있었다.

세상에 이름이 널리 알려지진 않았지만 아는 사람은 다 아는 낭중지추(囊中之錐)였다.

그는 스물한 살의 나이로 독도 해저 자원 개발 프로젝트를 성공시키는 데 혁혁한 공을 세웠다.

게다가 한영그룹의 후계자 임동혁으로부터 어마어마한 제안을 받았다.

한도가 없는 블랙 카드와 함께 독자적인 사업부를 맡아서 그룹과 대한민국의 미래를 이끌어달라는 부탁이었다.

누구라도 눈이 뒤집어질 제안이었지만, 정작 당사자인 최치우는 신중하게 고민을 거듭했다.

임동혁이 애가 타서 또다시 제안할 정도였다.

가볍지 않은 고민 끝에 최치우는 임동혁과 손을 잡기로 결심했다.

사업부의 완벽한 독립성과 자율성을 법적으로 보장한다는 약속까지 추가로 얻어냈다.

올림푸스는 최치우가 맡게 될 미래 에너지 사업부의 명칭이다.

S대의 틀을 벗어나면 활동 폭이 훨씬 넓어진다.

대학교는 일종의 공공 기관이기에 자질구레한 제약으로부터 자유로울 수 없다.

그에 반해 자기 사업을 하면 무슨 짓을 해도 상관없다.

공식적으로는 한영그룹 소속의 자회사지만, 실상은 임동혁이 최치우의 회사에 투자자로 참여하며 공동 지분을 보유한 형태이다.

그렇기에 한영그룹의 자금을 바탕으로 최치우가 자신의 사업을 일으켰다고 봐야 한다.

최치우는 수면 아래에서 독도에 묻힌 메탄 하이드레이트를 채취하게 만들었다.

그로 인한 파급 효과를 헤아리기 힘들다.

그가 수면 위로 떠올라서 올림푸스를 이끌며 마음껏 날개를 펼친다면 과연 얼마나 대단한 일들이 벌어지게 될까.

김도현 교수는 곧 다가올 미래를 상상하며 두근거리는 심장을 진정시켰다.

최치우라는 창창한 기개의 인물이 열어나갈 역사의 일익(一翼)을 담당하게 되어 다행이라는 생각마저 들었다.

사람에게는 누구나 주어진 역할이 있다.

김도현 교수는 최치우의 조력자로, 멘토로, 또 파트너로 함께할 수 있음에 감사했다.

영영 불가능할 것 같던 꿈을 최치우 덕분에 이룰 수 있게 됐으니 더 바랄 게 없었다.

벌써 정부의 훈장과 엄청난 명예, 그리고 독도의 보물을 품에 안았다.

여기서 더 욕심내면 어리석은 짓이다.

"교수님, 따로 부탁드리고 싶은 게 있습니다."

"뭐든 말해요. 치우 군 부탁이라면 들어주지 않을 도리가 없으니까요."

"임동혁 본부장에게도 언급했습니다만, 저도 언젠가 군대를 가야 합니다."

"아, 그렇지요. 왜 그 생각을 못 했을까요."

김도현 교수도 임동혁처럼 충격을 받은 눈치다.

남자 대학생들에게 입대는 가장 큰 문제였다.

그렇지만 최치우는 보통 대학생 같지 않았다.

김도현 교수마저 최치우의 담대한 행보를 따라가는 형국이다.

때문에 그가 군대를 가야 할 어린 나이라는 것을 미처 실감하지 못한 것이다.

"당장은 아니겠지만 병역 의무를 수행하는 동안 교수님께서 임 본부장과 함께 올림푸스의 기틀을 잡아주셨으면 합니다."

"그래요, 치우 군. 내가 도울 수 있는 거라면 뭐든 할 테니 걱정하지 말아요."

"항상 감사합니다, 교수님."

"나야말로 치우 군에게 늘 고마워요. 이제 시간이 됐으니 일어나 볼까요?"

"네."

최치우와 김도현 교수가 의자에서 일어났다.

다른 곳도 아닌 청와대에서 대통령에게 직접 훈장을 수여받는 날이다.

이런 날 지각을 할 수 없으니 일찍 움직여야 했다.

최치우는 군대에 대해 크게 걱정하지 않았다.

21개월은 금방 흘러갈 것이다.

자신의 진면목을 알고 물심양면으로 도와줄 김도현과 임동혁이 있으니 공백을 염려할 필요는 없었다.

백승수, 이시환, 리키 등 올림푸스에서 함께 하고픈 인재들도 하나둘 점찍어놓았다.

지금처럼 최치우만의 페이스대로 준비해 나가면 된다.

인류를 구원할 영웅들의 무대 올림푸스의 위대한 비전이 영글어가고 있었다.

10장

선택의 기로

　최치우는 청와대에서 대통령으로부터 국민훈장 무궁화장을 수여받았다.

　국민훈장은 정치, 경제, 사회, 교육 등 다양한 학술 분야에서 공로를 쌓은 사람에게 주어지는 훈장이다.

　그중에서도 무궁화장은 가장 높은 1급에 해당된다.

　쉽게 말해 대한민국 국민이 국가로부터 받을 수 있는 최고 권위의 상이다.

　훈장은 1등급부터 5등급까지 격차가 존재하고, 그다음으로 포장이 있다.

　포장 다음이 대통령 표창과 국무총리 표창이다.

　만약 어떤 대학생이 국무총리 표창만 받아도 언론 기사가 날 확률이 높다.

평생을 살면서 국무총리 표창을 받는 사람이 몇이나 되겠는가.

그런데 최치우와 미래 에너지 탐사대 멤버들이 받은 국민훈장 무궁화장은 단순하게 계산했을 때 국무총리 표창보다 무려 7단계나 높은 상이다.

불순한 생각일 수 있지만, 스펙으로 따지면 끝판왕을 획득한 셈이었다.

대학생, 대학원생이 이력서에 쓸 수 있는 수상 경력은 뻔하다.

이런처런 공모전에서 우승한 게 고작이다.

그러나 국민훈장 무궁화장을 적는 순간, 이력서의 레벨이 달라진다.

게임이 끝나 버리는 것이다.

최치우는 미래 에너지 탐사대 멤버들에게 평생 남을 선물을 줬다.

두고두고 자랑스러울 가문의 영광을 직접 만들어준 것이나 다름없었다.

따로 찾아와서 고마움을 표시했던 백승수를 비롯해 다른 선배들도 최치우를 은인으로 여겼다.

그가 나서지 않았다면 김도현 교수와 최치우 두 명만 훈장을 받았을 것이기 때문이다.

정부에서도 아낌없이 1등급 훈장을 수여할 명분은 충분했다.

독도의 해저 자원 개발은 수십 년 전부터 대한민국의 숙원 사업이었다.

하지만 역대 어느 정부도 실현 가능성을 끌어 올리지 못했다.

그토록 어려운 일을 S대 미래 에너지 탐사대가 주축이 되어 현실로 만든 것이다.

레임덕 위기에 빠졌던 정부의 지지율이 높아진 건 부수적인 결과였다.

한국의 경기 회복세와 투자 증가, 그로인한 내수 활성화 및 국민 여론 등 여러 효과를 따지면 수치로 환산이 불가능할 정도다.

더구나 해저 자원 개발로 독도와 인근 영해에 대한 한국의 주권이 더욱 공고해졌다.

울릉도와 독도 해역의 시추 기계에 상시로 인력이 머물게 됐고, 이런 상황에서 일본이 도발을 지속하면 메탄 하이드레이트에 욕심을 내는 걸로 보이게 된다.

당연히 국제 여론이 일본에 우호적이지 않은 쪽으로 돌아설 터였다.

결과적으로 최치우는 오랜 시간 지속된 독도 분쟁에 쐐기를 박아버린 것이다.

그가 이룬 성과에 비하면 국민훈장 무궁화장도 약소해 보일 지경이었다.

"앞으로 더 큰일을 해주길 바랍니다."

대통령은 유독 최치우에게 훈장을 수여하며 덕담을 건넸다.

어쩌면 해수부 차관보 혹은 청와대 비서진으로부터 최치우가 루키 중의 루키임을 들었는지 모른다.

그러나 훈장을 받으면서 독도 프로젝트에서 최치우의 역할은 일단락됐다.

메탄 하이드레이트 실물 채취에 성공한 사업단은 꾸준히 연구를 지속하며 대량 채취를 시도할 것이다.

대량 채취까지는 적게 잡아도 몇 년 이상이 걸릴 것 같았다.

이후에는 해저에서 채취한 하이드레이트를 상용화하는 방법을 개발해야 한다.

전 세계에 한국의 기술력을 입증하며 엄청난 가능성을 보여 줬지만, 넘어야 할 산은 여전히 적지 않았다.

그 지난한 과정은 정부를 중심으로 대한민국 최고의 엘리트들이 이겨내야 할 숙제다.

최치우는 무에서 유를 창조하고, 비전을 제시하며 밑그림을 그리는 크리에이터(Creator)가 어울렸다.

프로젝트가 궤도에 오른 뒤 마무리를 하는 것은 또 다른 사람들의 몫이다.

"모두들 축하해요."

훈장 수여식이 끝나고, 따로 자리를 마련한 김도현 교수가 입을 열었다.

그는 상기된 표정의 미래 에너지 탐사대 멤버들을 돌아보며 말을 이어갔다.

"여러분 모두가 최선을 다해준 덕분에 미래 에너지 탐사대는 최고의 인재를 발굴하고 키우는 곳으로 자리매김하게 될 것 같네요. 다들 각자의 계획을 가지고 있겠지만, 우리가 함께 이루어낸 결과를 기억하며 서로를 응원하기로 해요."

김도현 교수는 이별을 암시했다.

하지만 누구도 슬픈 기색을 보이지 않았다.

독도 프로젝트 후 멤버들이 다른 진로를 선택한다고 해도 1기 F.E의 명성은 영원히 남을 것이다.

그야말로 아름다운 이별이 될 게 분명했다.

최치우는 흐뭇한 얼굴로 멤버들과 함께 뒤풀이를 즐겼다.

물론 그도 똑똑히 알고 있었다.

큰 파도를 타고 넘긴 지금, 반드시 새로운 도약을 준비해야 된다는 사실을.

순간의 성공에 안주하면 뒤처질 수밖에 없다는 걸 최치우가 모를 리 없었다.

*   *   *

우우우우웅—

잘 빠진 슈퍼카 한 대가 커다란 엔진소리를 내며 서 있었다.

지나가는 사람들은 너도 나도 슈퍼카를 쳐다보며 눈길을 줬다.

신사동 가로수길이나 청담동에서는 슈퍼카를 보는 게 어렵지 않다.

그런데 이곳은 슈퍼카와 어울리지 않는 장소여서 더 시선을 끌 수밖에 없었다.

"여어—! 최치우 씨!"

슈퍼카에 타고 있던 주인이 창문을 내리고 목소리를 높였다.

그는 다름 아닌 임동혁이었다.

최치우는 임동혁과 그의 차를 바라보고 한숨을 쉬었다.

"좀 얌전한 차를 타고 오면 안 됩니까? 병무청 앞인데."

"하하하, 약속 장소가 병무청이라 일부러 전투적인 차를 몰고 왔습니다."

둘은 대방역에 위치한 서울병무청 입구에서 만났다.

최치우는 그동안 미뤄둔 신체검사를 뒤늦게 받고 나오는 길이었다.

"그래서 어떻게 됐습니까?"

"뭘 어떻게 되겠어요. 당연히 1급이지."

"하긴, 한국에서 싸움을 제일 잘하는데 1급이 아니면 비정상이겠군요."

임동혁이 실실 웃으며 고개를 끄덕였다.

그는 최치우가 혜성처럼 나타나 한국 파이트 클럽을 평정한 최강이라는 사실을 알고 있었다.

사실 발군의 신체 능력을 가지지 않았어도 웬만하면 1급이 나온다.

병무청으로부터 건강한 남자라는 걸 인증 받은 최치우는 평소와 다를 바 없는 표정이었다.

보통 남자들은 현역 판정을 받고 나면 아주 약간이라도 심란해 한다.

1급을 예상하고 있었어도 마찬가지다.

임동혁은 조수석에 앉은 최치우의 얼굴을 유심히 살펴보다 질문을 던졌다.

"너무 멀쩡해서 좀 실망스럽습니다."

"울기라도 할 줄 알았습니까?"

"아니, 그래도… 약간은 고민하는 모습을 보고 싶었는데……."

"본부장님, 성격 이상하다는 소리 많이 들으시죠?"

최치우는 무표정한 얼굴로 면박을 줬다.

독도 개발로 한창 주가를 올리고 있는 한영 그룹의 후계자를 이렇게 대할 수 있는 사람은 최치우밖에 없을 것이다.

임동혁은 피식 웃으며 운전대를 잡았다.

"최치우 씨, 그리고 보니 1등급 훈장에 이어 신체검사 1급까지… 여러모로 1이랑 인연이 많습니다."

"늘 1등을 추구한다는 것도."

최치우는 임동혁의 말장난을 능숙하게 받아쳤다.

곧이어 슈퍼카의 배기음이 고막을 때렸다.

부와아아앙—!

사납게 도로를 가로지른 임동혁은 강남으로 향했다.

단골 레스토랑에 멈춰 선 그가 차에서 내렸다.

점심과 저녁 사이 브레이크 타임이라 레스토랑 안에는 손님이 없었다.

원래는 영업을 하지 않는 시간이다.

그러나 임동혁이 온다기에 특별히 문을 열어준 것이다.

"오랜만에 뵙습니다, 본부장님."

TV 예능 프로그램에 자주 얼굴을 비추는 스타 쉐프가 임동혁을 맞이했다.

임동혁은 그와 악수를 나누고 햇빛이 잘 드는 창가에 앉았다.

확실히 재벌 2세의 삶은 달랐다.

기분따라 차를 바꿔 타고, 콧대 높은 스타 쉐프의 쉬는 시간을 마음대로 쓸 수 있다.

하지만 딱히 부럽다는 생각은 들지 않았다.

최치우가 원한다면 그는 얼마든지 화려한 일상을 누릴 수 있다.

이미 임동혁은 최치우와 함께하기 위해 모든 조건을 맞춰줄 기세였다.

세상은 재벌 2세를 갑으로 모신다.

그런 재벌 2세가 최치우를 갑으로 대우해 준다.

보통 사람들은 알기 힘든 또 다른 먹이사슬이 존재하는 것이다.

"여기 파스타가 서울에서는 최고입니다. 어린 전복을 잘 다루더군요."

"알아서 골라주세요."

최치우는 자랑하듯 메뉴를 설명하는 임동혁에게 무심히 대답했다.

임동혁은 어떻게든 최치우의 환심을 사려 노력했고, 그에 비해 최치우는 무덤덤해 보였다.

"그때 이야기했던 건……."

결국 임동혁이 참지 못하고 본론을 먼저 꺼냈다.

최치우는 고개를 돌려 임동혁의 눈을 쳐다봤다.

"독자적인 사업부, 하겠습니다."

"아!"

나름대로 긴장하고 있던 임동혁이 탄성을 흘렸다.

그는 혹시라도 최치우가 제안을 거절하면 어떡하나 고민하고 있었다.

임동혁의 얼굴에 미소가 감돌았다.

"사업부 이름은 올림푸스. 인력 구성부터 이후의 운영까지 일체의 개입은 받지 않겠습니다."

"물론입니다."

"지분은 내가 7, 본부장님이 3으로 정했습니다."

순간 임동혁이 눈썹을 꿈틀거렸다.

그는 명색이 대기업의 후계자다.

상인의 피가 흐르기에 계산이 빨랐다.

"하지만 모든 투자금을 우리가 제공하는데……."

"그럼 안 하겠습니다."

"아아, 사람 말을 끝까지 들어주세요. 투자금을 우리가 제공하는데 30%나 인정해 줘서 고맙다는 뜻입니다."

임동혁은 곧장 안색을 바꾸며 능청스레 말을 틀었다.

그는 최치우가 어떤 유형의 인물인지 어느 정도 느끼고 있었다.

절대 어설픈 협상이 통할 상대가 아니다.

게다가 아쉬운 쪽은 임동혁과 한영 그룹이다.

최치우의 손을 잡고만 있으면, 그의 날개가 되어줄 수 있다면 한영 그룹은 유례없는 전성기를 맞이하게 될 것이다.

독도 프로젝트를 통해 최치우의 진가를 경험한 임동혁은 망설이지 않았다.

적어도 그의 미친놈스러운 결단력만큼은 인정해줘야 할 것 같았다.

"지분율 7 대 3을 포함해 자잘한 사항들을 정리해서 계약서로 만들겠습니다."

"본부장님 인생 최고의 선택을 한 겁니다."

"10개의 프로젝트가 다 성공하길 기대하진 않습니다. 그중 하나만 독도 프로젝트처럼 성공하면 됩니다. 그럼 우리는 서로의 날개가 되어 저 높은 하늘로 날아오르겠죠."

"올림푸스라는 이름은 어때요?"

"마음에 듭니다. 신들의 세계 아닙니까?"

"역시 아시는군요."

"내가 아무리 망나니로 유명하지만, 멀쩡한 대학을 졸업했는데 그 정도쯤은……."

"전 아직 졸업 전이라 고졸인데, 대졸이라고 자랑하는 건가요?"

"아, 그게 아니라."

최치우는 자신의 페이스대로 임동혁과의 대화를 주도했다.

농담 따 먹기에서도 결코 밀리지 않았다.

처음 만났을 때와 비교하면 두 사람의 위치는 사뭇 달라졌고, 또 그만큼 친해지기도 했다.

마침 TV에 나오는 스타 쉐프가 직접 에피타이저를 가져왔다.

최치우는 상세한 설명을 들으며 낯선 요리를 먹었다.

앞으로는 이런 식사에도 익숙해져야 할 것이다.

그는 분식집 떡볶이와 라면도 좋아하고, 동시에 최고급 레스토랑의 코스 요리도 즐길 줄 아는 사람이 되고 싶었다.

언제 어떤 환경에도 자연스럽게 녹아들기 위해서는 다양한 경험을 해야 한다.

"블랙 카드는 잘 쓰고 있습니까?"

식사가 이어지던 중 임동혁이 질문을 했다.

최치우는 무제한 한도를 지닌 블랙 카드를 받아놓고 아직 쓰지 않았다.

남들이라면 블랙 카드를 받자마자 눈이 뒤집어져 돈을 펑펑 썼을 것이다.

최치우는 돈의 중요성을 잘 알고, 돈을 싫어하지 않지만 절대 돈에 지배당할 사람이 아니었다.

"이제부터 쓸 생각입니다. 우선 어머니와 함께 살 집부터 사려고 합니다."

카드로 아파트를 사는 게 말이 안 되지만, 블랙 카드를 가졌다면 얼마든지 가능하다.

"차는 안 삽니까?"

"면허부터 따야 됩니다."

"하하, 최치우 씨는 매번 내 예상을 벗어나는 사람입니다. 그래서 긴장을 풀 수가 없습니다."

면허가 없다는 말에 임동혁이 웃음을 터뜨리며 새삼 감탄했다.

최치우는 어깨를 으쓱하며 포크로 파스타를 돌돌 말았다.

"올림푸스의 문을 언제 정식으로 열지는 고민을 좀 더 해보겠습니다. 학교생활과 병행이 가능할지, 또 군대는 어떻게 할지, 스스로 정리를 해야 할 것 같습니다."

"편한 마음으로 기다리겠습니다. 우리 그룹은 독도 개발 덕택에 밀려드는 사업 수주를 처리하는 데 정신이 없으니 괜찮습니다."

"맛있네요, 음식은."

자기 할 말을 마치고, 파스타를 맛본 최치우가 순수하게 칭찬을 했다.

스타 쉐프는 이름값에 어울리는 실력을 보유하고 있었다.

그는 끝없이 나오는 코스 요리를 감상하며 생각을 거듭했다.

임동혁에게 말한 것처럼 스스로 진로를 정리할 필요가 있었다.

최치우가 무슨 선택을 하든, 일대 파란이 일어날 것은 분명해 보였다.

그는 올림푸스를 역사에 존재하지 않았던 전무후무한 팀으로 만들 각오를 다지고 있었다.

*   *   *

"요즘 이만한 아파트도 잘 없어요. 매물이 나오기 무섭게 사라진다니깐."

부동산 아줌마는 눈을 크게 뜨고 집을 칭찬하기 바빴다.

하지만 마냥 업자의 호들갑으로 치부할 수는 없었다.

실제로 여러 조건이 훌륭한 아파트였다.

"남향인 데다가 공원 가깝지, 도서관 있지, 마트 있고 교통 편하지, 지하철역 바로 앞이지. 이보다 더 좋은 조건이 어딨겠어요?"

"그렇긴 하네요, 정말."

최치우의 어머니도 동의하듯 고개를 끄덕였다.

어머니는 아파트가 상당히 마음에 드는 눈치였다.

최치우는 어머니와 함께 서대문 독립문 공원 인근의 브랜드 아파트를 구경하러 왔다.

마음 같아선 강남의 아파트를 사고 싶었다.

그런데 어머니의 가게가 원래 살던 홍제동 근처라 강남은 너무 멀다.

평생 처음 연 가게에 대한 어머니의 애착은 남달랐다.

다른 지역에 더 크고 화려한 가게를 오픈해 준다고 해도 고개를 가로저었다.

결국 최치우는 차로 30분 이내에서 가장 좋은 아파트를 찾았다.

"다 좋은데 너무 비싸긴 하네요."

한창 아파트를 둘러본 어머니가 말끝을 흐렸다.

요즘 서울 시내 아파트의 가격은 천장을 모르고 치솟는 추세다.

강남이 아니라도 완벽한 입지 조건에 편의성을 갖춘 고급 브랜드 아파트, 게다가 로얄층은 입이 떡 벌어지는 가격대로 거래된다.

"마음에 드세요?"

"마음에는 들지, 그런데 너한테 부담을 주고 싶지는 않구나."

최치우는 어머니의 표정을 보며 미소를 지었다.

사실 얼마든지 일찍 이사를 할 수 있었는데 너무 무신경했다.

"이 집으로 계약하겠습니다."

"정말? 이야ㅡ! 이 집은 아드님이 엄청 출세했나 봐. 어려 보이는데 아파트를 척척 사드리고."

부동산 아줌마도 깜짝 놀란 얼굴이었다.

집을 계약하는 데 어머니가 아닌 대학생으로 보이는 학생이 주도적으로 계약을 결정하고 아파트를 사는 게 놀라웠던 것이다.

"7억 2천이라고 했죠? 오늘 계약금부터 넣을게요."

"그래요, 그래요. 나랑 내려가서 계약서 쓰고, 마침 빈집이니 잔금이랑 이사 날짜는 언제든 편하게 결정하시면 되고."

단번에 계약을 성사시킨 부동산 아줌마는 싱글벙글 행복해 보였다.

하지만 어머니는 걱정스러운 듯 하나뿐인 아들을 쳐다봤다.

"치우야, 너무 무리하는 거 아니지?"

"아닙니다. 이 정도는 괜찮아요."

"우리 아들 믿지만……. 혹시라도 무리 하거나 그럴 필요는 없단다, 알지?"

"네, 어머니."

어머니는 최치우가 특별하다는 걸 인지하고 있었다.

어느 순간 변모하며 성적을 올려 S대에 입학한 것부터 대사건이었다.

웹툰으로 돈을 벌어 가게를 차려준 것은 이제 약과다.

독도 개발이라는 국민적 프로젝트의 일원으로 참여해 훈장까지 받았다.

그렇기에 아들이 갑자기 7억이 넘는 비싼 아파트를 산다고 해도 놀랍지만은 않았다.

다만 만에 하나라도 아들에게 부담을 줄까 걱정스러운 것이다.

효도를 받으면서도 자식 걱정이 앞서는 것, 그게 바로 어머니의 마음이다.

"어휴, 부러워 정말. 우리 아들놈의 새끼는 맨날 천날 게임이나 하고 자빠졌는데, 복 많이 받아서 좋겠어요."

부동산 아줌마가 최치우의 어머니를 바라보며 진심으로 부러워했다.

어머니는 굳이 부정하지 않았다.

"제가 아들 복은 타고났어요. 힘들게 살았더니 하늘이 선물을 주셨나 봐요."

"그 선물 나한테는 왜 안 오나 몰라."

최치우의 어머니와 부동산 아줌마는 마치 원래부터 알았던 사이처럼 수다를 떨었다.

매끄럽게 계약이 맺어졌고, 나이도 비슷해서 공감대가 맞는 듯했다.

최치우는 흐뭇하게 웃으며 속으로 부동산 아줌마의 아들을 위로했다.

아마 당분간 최치우라는 강력한 엄친아의 등장으로 구박을 엄청 받게 될 것 같았다.

누구 집 아들은 S대 다니면서 7억짜리 아파트를 사주는데, 넌 대체 왜 집구석에서 게임이나 하고 있어?

보지 않아도 어떤 광경이 펼쳐질지 눈에 선했다.

'본의 아니게 피해를 주게 됐군. 미안해, 얼굴도 모르는 친구.'

최치우는 부동산 아줌마의 아들에게 전해지지 않을 사과를 했다.

그도 평소보다 기분이 좋았다.

청와대에서 대통령으로부터 훈장을 받을 때도 이만큼 기쁘진 않았었다.

다른 사람들이 몰라줘도 어머니가 기뻐하고 감동하는 모습을 보는 게 가장 뿌듯했다.

"뭐 마실래요? 커피, 홍차, 녹차?"

최치우와 어머니가 공인중개사 사무실에 다시 들어서자 대접이 달라졌다.

사무실에 있는 다과는 모조리 꺼내 올 것 같았다.

최치우가 처음 집을 보겠다고 했을 때만 해도 여자 사장님은 큰 기대를 하지 않았었다.

그런데 시원하게 계약을 해버렸다.

순식간에 VIP 고객이 된 것이다.

단순히 아파트 한 채 팔고 끝이 아니다.

망설이지 않고 7억이 넘는 아파트를 살 수 있는 대학생 아들이라면 두고두고 알아둬서 나쁠 게 없다.

여사장으로 잔뼈가 굵은 부동산 아줌마는 최치우를 눈여겨보고 있었다.

"호호호, 여기 계약서예요. 찬찬히 읽어보고 모르는 건 내가 다 설명해 줄게."

"고맙습니다."

최치우는 부동산 아줌마의 과해진 호의를 느끼며 계약서를 썼다.

계약금은 블랙 카드로 지불했다.

나머지 잔금도 블랙 카드로 낼 계획이었다.

리얼 헌터 시즌2가 연재되면서 통장 잔고가 불어나고 있었지만, 무제한 한도의 블랙 카드와 비교할 정도는 아니다.

그는 흥청망청 돈을 쓸 생각은 없었다.

그러나 손에 들어온 칼을 휘두르지 못하고 썩힐 생각은 더더욱 없었다.

필요하다면 얼마든지 블랙 카드라는 보검(寶劍)을 휘두를 것이다.

"어머니, 우리 이제 집도 샀는데 기념으로 외식하고 들어갈까요?"

"그러자, 우리 아들. 엄마가 집은 못 사줘도 밥은 맛있는 걸로 사줄게."

"그럼 비싼 거 먹겠습니다."

부동산에서 나온 최치우는 환하게 웃으며 근처의 고깃집으로 들어갔다.

치이이익—

최치우가 능숙한 손길로 마블링이 풍성한 한우를 불 위에 올렸다.

헌터로 살던 시절에는 방금 죽인 몬스터 고기를 구워 먹기도 했었다.

그렇기에 고기를 굽는 것은 누구에게도 지지 않을 자신이 있었다.

"치우야, 혹시 다른 고민이라도 있니?"

불판에 올린 고기가 익어가려는 찰나, 어머니가 질문을 던졌다.

시종일관 밝은 표정을 짓고 있었지만 어머니의 눈길을 완전히 속일 수는 없었다.

최치우는 고개를 끄덕이며 대답했다.

"좋은 기회가 왔는데 대학과 병행할 수 있을지 잘 모르겠어요. 내 나이에 해야 할 일들을 처리하며 기다리는 게 나을지, 아니면 지금 가슴 뛰는 일에 도전하는 게 나을지……."

원래 그는 고민을 남에게 털어놓는 스타일이 아니다.

그러나 다른 사람이 아닌 어머니 앞이기에 속 깊은 이야기를 꺼냈다.

다소 추상적인 말이었지만, 어머니는 아들의 고민을 충분히 이해한 것 같았다.

내색은 하지 않았지만, 어머니는 최치우가 특별하다는 걸 깨달은 순간부터 많은 고민을 해왔다.

"세상에서 제일 똑똑한 우리 아들이 잘 선택하겠지만, 나는 딱 한마디만 해주고 싶구나."

"네."

"뭐든 마음이 시키는 대로 하렴. 그래야 나중에 후회가 없단다. 결과가 좋지 않아도 괜찮아. 아직 젊으니까 너무 오래 고민하지 않아도 될 것 같구나."

어떻게 생각하면 평범한 조언이다.

그렇지만 어머니의 진심 어린 조언이 최치우의 마음 깊은 곳을 흔들었다.

"마음이 가는 대로, 후회 없이 선택할게요."

뭔가 결심을 내린 듯 최치우의 눈동자가 빛났다.

환생한 차원마다 일대 파란을 만들었던 것처럼 마음을 먹은 그는 뒤를 돌아보지 않고 직진할 기세였다.

어머니와 함께 보내는 소중한 시간, 최치우는 더할 나위 없이 든든한 힘을 얻었다.

어떤 상황에서도 내 편을 들어줄 사람이 있다는 게 이토록 중요하다는 사실을 예전에는 몰랐었다.

이제 보다 홀가분하게 새로운 걸음을 내딛을 수 있을 것 같았다.

마음의 짐을 덜어낸 최치우에게는 이제 날개를 활짝 펼칠 일만 남았다.

*　　　　*　　　　*

S대 공대 건물의 연구실.

최근 학계와 재계에서 가장 주목받는 두 사람이 마주앉았다.

에너지자원공학과의 김도현 교수, 한영 그룹의 임동혁 본부장이 그 주인공이었다.

두 사람을 한자리에 모은 건 바로 최치우다.

최치우가 아니었다면 둘은 애당초 만날 일도 없었을 것이다.

"여기 있습니다, 교수님."

"결정을 확실히 내린 거지요?"

"그렇습니다."

최치우는 먼저 김도현 교수에게 서류 한 장을 내밀었다.

하얀색 종이 위 단에는 휴학 신청서라는 글자가 인쇄돼 있었다.

보통 학과 조교에게 제출하면 되지만, 최치우는 김도현 교수에게 직접 신청서를 건넸다.

특별한 관계인 김도현 교수를 향한 예의이기 때문이다.

임동혁은 휴학 신청서가 오가는 광경을 만족스럽게 쳐다봤다.

최치우가 휴학을 하는 건 다름 아닌 올림푸스를 위해서다.

그는 본격적으로 올림푸스라는 역사적인 사업부를 세팅할 작정이었다.

"이거 참 마음이 복잡하네요. 치우 군의 올림푸스가 잘되기를 바라지만, 막상 그렇게 되면 다시 학교로 돌아오지 않을 수도 있으니."

김도현 교수가 미소를 지으며 말했다.

올림푸스가 성공하면 최치우는 S대로 복학하지 않을 확률이 높다.

복학을 하더라도 학과의 양해를 구해 수업은 거의 듣지 못할 것이다.

최치우를 누구보다 아끼는 김도현 교수는 복잡한 심경을 느낄 만했다.

"학교와 상관없이 교수님은 언제나 제 인생의 멘토이십니다."

최치우는 진심을 담은 말로 김도현을 위로했다.

그냥 하는 말이 아니었다.

김도현이 아니었다면 최치우가 특별한 능력을 드러내며 나서는 건 한참 뒤의 일이 됐을 것이다.

"훈훈한 분위기에 찬물을 끼얹어서 미안하지만, 이제 슬슬 올림푸스 이야기를 해도 되겠습니까."

잠자코 앉아있던 임동혁이 다리를 꼬며 말했다.

최치우는 그에게 시선을 돌렸다.

"사업적인 세팅은 본부장님이 매끄럽게 처리해 주길 바랍니다."

"역시 귀찮은 잡일은 다 나한테 맡기는군."

임동혁은 툴툴거리면서도 싫지 않은 표정이었다.

최치우와 함께 올림푸스를 만들 수 있다는 것 자체가 그에게는 크나큰 기회였다.

"군대는 일단 올림푸스를 궤도에 올린 다음 생각하기로 했습니다. 그리고 첫 번째 프로젝트는… 다른 누구의 도움도 받지 않겠습니다."

최치우의 말은 의미심장했다.

과연 그가 혼자서 도전 할 올림푸스의 첫 프로젝트가 무엇인지 더 궁금해질 수밖에 없었다.

"처음 프로젝트로 올림푸스의 이름을 확실하게 각인시키겠습니다. 그다음, 내가 생각한 최고의 팀원들을 스카웃하는 게 순서입니다."

최치우는 스스로를 증명하는 게 우선이라고 판단했다.

다른 사람들에게 손을 내미는 건 이후의 일이다.

김도현과 임동혁은 손에 힘을 주고 최치우의 입에서 나올 다음 말을 기다렸다.

"미쓰릴을 발굴하겠습니다."

김도현 교수와 임동혁은 누가 먼저랄 것도 없이 눈을 크게 뜨고 고개를 갸웃거렸다.

미쓰릴.

무엇으로도 부술 수 없는 절대 금속.

하지만 두 사람은, 나아가 지구의 어느 누구도 미쓰릴이 무엇인지 모른다.

최치우는 둘을 바라보며 짙은 미소를 짓고 있었다.

『7번째 환생』 3권에 계속…